W0240202

HORS SAISON

BASILE MULCIBA

HORS SAISON

roman

GALLIMARD

© Éditions Gallimard, 2023.

Aux introvertis

PREMIÈRE PARTIE

1

Yann s'était installé dans le sens de la marche, la tête appuyée sur la paume de sa main, le front cahotant contre la vitre du train au rythme des roulements. Depuis qu'ils avaient quitté le centre-ville, il lui semblait que les secousses s'étaient adoucies.

Il observait le paysage défiler et se transformer. Ses yeux allaient de droite à gauche et malgré les soubresauts des voitures, il saisissait du regard les platanes, les chênes et les pins. Yann cherchait à lire les panneaux rouillés des banlieues qu'ils traversaient, à discerner les visages des voyageurs encore endormis, emmitouflés dans leurs manteaux et qui patientaient sur les quais. Les immeubles en pierre blanche de plusieurs étages, où s'alignaient des balcons et de grandes fenêtres aux volets abîmés par le sel, laissaient peu à peu place à un habitat plus dispersé, des anciennes maisons aux toits en tuile et des pavillons avec jardin. Le train franchit un passage à niveau dont la cloche stridente lui parut étonnamment lointaine et atténuée, comme en sourdine.

L'intérieur de la rame était plongé dans la pénombre en raison d'un problème électrique. Avec ses vêtements foncés, Yann s'était rendu presque invisible, tapi dans l'obscurité. Enveloppé dans sa grande veste et s'enfonçant encore un peu plus dans son siège, il plissait les yeux à chaque fois que la lumière d'un lampadaire venait s'écraser contre la vitre. Le train était quasiment vide, seuls quelques hommes et quelques femmes, assoupis, s'étaient extirpés de chez eux dans la nuit et remontaient à présent le courant.

Un instant, il sembla à Yann que le train ralentissait. Les soubresauts s'allégeaient et le chemin de fer empruntait des courbes amples qui caressaient les barres d'immeubles. Les lumières de la ville s'éloignaient, les scènes que Yann avait observées quelques minutes plus tôt s'effaçaient elles aussi. Le train s'enfonçait dans les terres sous les premiers halos du jour.

Alors, les épaules de Yann s'affaissèrent, ses mains, sa nuque et ses jambes se détendirent, du coton s'était immiscé dans ses articulations. Sa respiration s'accordait avec les roulements du train. Il fut peu à peu porté par les balancements de la rame et le ronflement du moteur, jusqu'à se laisser glisser dans le sommeil.

Dans la nuit, il avait traversé la grande place où se tenait tous les deux jours un marché bouillonnant et populaire. Elle était depuis de longues années en travaux. Les ouvriers n'étaient pas encore arrivés et Yann avait décidé, sans vraiment réfléchir, de la parcourir dans sa diagonale, franchissant le chantier pourtant interdit au public. Il s'était frayé un chemin entre les grilles, au milieu de la ferraille et des pelleteuses, marchant en équilibre sur le rebord des dalles de béton coulées la veille.

Il avait eu rapidement chaud dans sa grande parka. Passé le chantier, il l'avait enlevée et serrée dans le creux de son coude. Les sangles du sac de randonnée lui cisaillaient les épaules. Il était parti bien en avance mais il avait marché vite, sa chemise collée à la peau, haletant, pressé par son impatience et par l'inquiétude de rater le train qui devait le mener au cœur des montagnes.

Yann avait longé les murs, détourné le regard des quelques personnes qu'il avait croisées. Il avait évité certaines places, cru reconnaître les voix qui résonnaient dans des ruelles, s'en était écarté. Il n'avait informé personne de son départ et ne voulait être vu de personne.

Il s'en allait avec le premier train, fuyant la ville silencieuse comme on s'échappe en douce de l'appartement d'un amant. Il avait peu d'informations sur la station de montagne dans laquelle il se rendait, avait oublié combien il serait payé, n'avait pas demandé quels étaient les jours de congés, ni ce qu'il allait précisément devoir faire. L'important, c'était de partir.

Il avait progressé vers la gare dans une forêt de grues. Elles poussaient de toutes parts pour organiser les îlots et discipliner les avenues mais l'espace, vallonné et anarchique, conservait tout son désordre. Yann connaissait par cœur le nom des rues, des places et des cours. Pourtant, l'ensemble des morceaux ne s'agençait jamais de façon cohérente.

Pénétrer dans ce labyrinthe c'était prendre le risque de se perdre.

Certains soirs, on pouvait longer un boulevard bordé de réverbères en fonte qui ne s'allumaient plus, se faire surprendre par un tramway brinquebalant peuplé de fantômes, manger des parts de pizza froide sur les marches d'un vieil immeuble noirci et fissuré. On entendait au loin le tintement des mâts, les sirènes des bateaux ; on était soudainement baigné dans une foule de gens entremêlés qui sortaient du cinéma, cherchaient un bar pour affronter la nuit et, dans ces errances, on finissait par échouer sur le port.

Dans cette ville brassée par le monde, Yann se laissait porter par ses amis, par des connaissances qu'il appréciait plus ou moins, fréquentait les mêmes terrasses, les mêmes bars enfumés qui fourmillaient de visages, pénétrait parfois dans des clubs un peu louches. Tout valait mieux que d'être seul. Il payait des verres à des personnes dont il ne retenait pas les prénoms, se mêlait aux groupes sans se poser trop de questions et sa vie filait déjà au hasard des soirées et des nuits, dans la moiteur du centre ou sur les plages de la Méditerranée.

Yann était étudiant en médecine. À l'approche de son bac, il avait choisi son orientation comme on choisit un plat à la carte, un jour sans appétit. Bon élève, il s'était engagé dans ce cursus exigeant, avec la sensation de ne prendre aucun risque. Cela déboucherait forcément sur quelque chose et les gens ne lui poseraient pas beaucoup de questions. Depuis cinq ans – il avait redoublé sa première année – il suivait les cours sans excitation, accumulait une expérience sans saveur et acceptait la réalité : qu'aurait-il bien pu faire d'autre ?

En arrivant à la gare, Yann s'était aperçu qu'il était parti sans son portefeuille. Il n'avait même pas considéré l'éventualité de retourner chez lui et de prendre le train suivant. Il avait quand même fouillé dans son sac, les mains tremblantes, en ouvrant toutes les poches. Ses vêtements soigneusement rangés s'étaient mis à déborder par toutes les ouvertures. Yann avait plongé le bras dans le fond, jusqu'à l'épaule et d'un coup, après avoir ouvert une petite fermeture éclair, avait senti sous ses doigts la texture familière de billets de banque. Pas grand-chose, de quoi s'acheter à manger et payer le bus qui le porterait jusqu'à la station. Son contrat l'attendait, il demanderait à sa mère de lui envoyer son portefeuille par la poste.

Il avait hésité quelques secondes à acheter un billet de train, les yeux plissés sous la lueur aveuglante de la borne automatique, et avait finalement décidé de compter sur sa chance.

2

Yann se réveilla et ouvrit grands les yeux. Il avait dormi plus d'une heure et le train avait depuis longtemps quitté les dernières banlieues.

Les rayons du soleil traversaient l'ensemble du wagon. Lentement, il se redressa et, les mains sur l'accoudoir, pencha la tête au travers de l'allée. La rame s'était peu à peu remplie de bagages et de voyageurs. Un vieillard, un homme en chemise au visage bouffi par le chagrin, des garçonnets qui dessinaient dans un carnet que leur mère leur avait ouvert. Il y avait aussi deux femmes, assises côte à côte, chacune plongée dans sa lecture. Des sacs à main et des sacoches en cuir, des valises et un sac en toile d'où débordaient des jouets pour enfants étaient accrochés et pendaient au-dessus des sièges. Plusieurs voyageurs regardaient dehors et profitaient de ce moment rare, où il n'est d'autre activité possible que la contemplation et l'observation, des moments propices aux rêveries plus intimes, où les pensées s'échappent vers des territoires qu'on n'explore plus beaucoup.

La mer était déjà loin. Yann guetta les va-et-vient et écouta d'une oreille attentive les signes de l'arrivée d'un contrôleur. Des enfants sautillaient dans l'allée, le murmure de certaines discussions lui parvenait.

Au fond du wagon, un agent de la compagnie ferroviaire discutait avec un voyageur. Il l'observa plusieurs secondes. Accoudé au dossier du siège, il s'esclaffait et ne semblait pas vouloir vérifier les billets.

Yann poussa un long soupir, étira ses membres engourdis par le sommeil. Ses articulations craquaient, ses muscles résistaient. Il se sentait encore agité, nerveux. Il but une gorgée d'eau et en versa un peu dans le creux de sa main pour s'asperger le visage et revigorer ses joues. Après quelques contorsions pour retrouver une position confortable, il se laissa tomber sur son siège qui lui parut plus moelleux. Il se pencha et s'appuya contre la vitre, comme à son entrée dans le train. Yann aurait voulu qu'il avance plus vite, qu'il mette le plus de distance possible entre lui et la ville, entre lui et les autres.

Le roulement des voitures sur les rails produisait un bruit sourd et régulier. La végétation qui les entourait était devenue sèche et éparse. L'éclat du matin inondait la garrigue silencieuse. Elle s'étendait à perte de vue et laissait entrevoir d'épais bosquets, des touffes de buis et des monticules rocheux que Yann se surprit à percevoir avec une grande acuité. Il aurait pu saisir les reflets de lumière sur les ailes d'une libellule, discerner les cigales et les scarabées qui bruissaient dans la végétation. Le sommet des arbres ondulait sous le souffle d'une brise légère. Des collines et des monts rythmaient le paysage et découpaient l'horizon.

Ils traversèrent aussi des viaducs, des oliveraies et des champs labourés pour l'hiver. Ils longèrent une rivière encaissée au débit faible dont les roches blanches du gué semblaient au sec depuis le printemps. Des falaises et des affleurements rocheux jaillissaient de part et d'autre et éclipsaient certaines perspectives. Yann était irrésistiblement happé par la grande fenêtre du train et, même s'il restait attentif à la présence de l'agent, un sentiment de légèreté s'installait en lui par petites touches.

Il se leva et décida de marcher pour s'extraire de sa somnolence. Ses quelques affaires fourrées dans son sac, il remit ses chaussures sans faire ses lacets et s'enveloppa dans sa grande écharpe en laine mauve qui lui masquait la moitié du visage. Il s'engagea dans l'allée au moment où le train emprunta une courbe. Il chancela, s'appuya contre un accoudoir et sur le dossier d'un siège. La rame ondulait.

Alors qu'il arrivait au niveau du contrôleur, un freinage brusque et puissant le déséquilibra et il se rattrapa sur l'épaule de l'agent. Le sifflement strident des freins lui perça les tympans. Plusieurs bagages suspendus tombèrent sur les passagers et certains poussèrent des cris de surprise. Le train s'arrêta net et tout bascula dans l'autre sens. Yann se retrouva par terre.

Le haut-parleur grésilla et annonça un arrêt en urgence. Yann resta quelques secondes immobile, le temps que son environnement se stabilise. Des murmures s'élevèrent des autres voyageurs, abasourdis et sous le choc. Un petit garçon se mit à pleurer. Yann se releva et aida l'agent qu'il avait entraîné dans sa chute. Il lui demanda si tout allait bien. Ce dernier saisit aussitôt son talkie-walkie pour connaître les causes de l'arrêt et passer quelques ordres. Il fallait rassurer tout le monde, vérifier que personne ne s'était blessé.

Yann rejoignit son siège en s'agrippant aux accoudoirs, aidant sur son chemin quelques voyageurs à porter leurs affaires qui étaient tombées, s'enquérant de leur état. Une femme se tenait la tête entre les mains. Un petit carton lui était tombé dessus et un mince filet de sang coulait sur sa tempe. Yann voulut s'approcher, observer sa blessure mais la femme refusa, dit que ce n'était rien. Son voisin lui tendit un mouchoir. Elle s'en servit comme compresse.

Une certaine agitation gagna les voyageurs. En regardant par les fenêtres, plusieurs d'entre eux constatèrent qu'ils n'étaient qu'à quelques dizaines de mètres d'un passage à niveau et d'une petite gare. La tête du train devait atteindre le début des quais.

Le haut-parleur grésilla de nouveau pour annoncer que le train était bloqué pour une durée indéterminée. Yann sentit le nœud se reformer dans son estomac. Ce poids, cette sensation au creux du ventre qui l'avait poussé à partir. Il serra les dents. Il voulut se relever, retrouver le contrôleur, demander des précisions, n'y aurait-il pas un autre train qui pouvait les emmener si celui-ci avait un problème, et que se passerait-il s'il ne redémarrait pas, y avait-il des cars qui pouvaient prendre le relais ? Une des femmes assises près de lui tira sur une poignée et ouvrit brutalement une fenêtre. Une brise de fin de matinée pénétra dans le wagon et lui effleura le visage. On entendait la rivière couler non loin de là. Yann ne bougea pas.

La gare qu'il apercevait par la fenêtre lui rappelait les friches qui prolifèrent en marge des villes : autour du quai et du bâtiment principal s'étendaient des entrelacs de rails qui disparaissaient par instant dans les herbes hautes, se perdaient au milieu d'entrepôts et de bâtiments industriels abandonnés. Plus loin, il distinguait des wagons à bestiaux rouillés, allongés sur le flanc, de vieux réservoirs, des amoncellements d'essieux et de matériaux jetés en tas, progressivement recouverts par la végétation. La gare desservait un village en contre-haut, dans la pente de collines qui formaient un cirque doux où le vent s'engouffrait.

Il mangea. Des biscuits, des raisins et des abricots secs que sa mère lui avait donnés et qu'il avait découverts dans son sac en cherchant son portefeuille. Il n'avait rien avalé depuis le déjeuner de la veille, quand il lui avait fait savoir qu'il partait travailler pour la saison dans une station de ski. Sa mère n'aimait ni les conclusions hâtives ni les événements inattendus. Même lorsque le choix était évident ou que ce n'était pas à elle de décider, elle considérait la situation sous plusieurs angles, proposait des alternatives.

Souvent, quand cela concernait Yann, il se taisait, la laissait tergiverser, puis lui confirmait sa décision. Cette fois, quand il lui avait annoncé son départ, prévu le lendemain, elle avait d'abord acquiescé mais c'était un hochement de tête lourd, les lèvres pincées, un silence amer qui lui demandait un effort considérable. Il n'avait mentionné aucun horaire, il savait que sa mère préférerait le doute et nourrirait l'espoir qu'il hésite encore. Les conseils, les avertissements et les prédictions avaient fini par éclater : en partant comme ça il perdrait tout, ses études, son avenir, ses amis, tout ce qu'il avait construit jusqu'alors, et pour quoi ? Yann n'avait pas répondu ; après cette discussion, il n'avait même plus dit un seul mot. Depuis plusieurs semaines, il était habité par un agacement profond, une aigreur qu'il gardait pour lui, en équilibre sur une ligne de crête. Il ne laissait rien paraître et contenait tout, sentant que ça n'allait pas, qu'il était en train de foirer quelque chose sans comprendre ni trouver de solution.

Dehors, le vent soulevait de légers nuages de poussière et l'herbe qui perçait le bitume en touffes denses se balançait au rythme des bourrasques. Elle reflétait la lumière du soleil, entraînant des variations de teinte, entre la paille et l'ambre, dans un bruissement qui lui rappelait le sable fin qui glisse entre les doigts.

Malgré l'interdiction initiale de quitter les voitures, les agents ouvrirent les portes pour donner accès au quai. Plusieurs personnes descendirent prendre l'air. Elles s'installèrent par petits groupes, s'agglutinèrent près des agents aux abords de la gare, à l'affût des nouvelles. Aucun train ne les croisait et c'était toute la ligne qui semblait à l'arrêt. Une grande horloge ferroviaire trônait non loin, accrochée à un pilier en pierre. La rouille grignotait le cadran et dans le silence pesant du midi, on pouvait entendre le faible cliquetis des aiguilles.

Sa voiture se vidait petit à petit. La brise s'affaiblit et la poussière qui volait en bourrasques se déposa sur la terre.

Yann ne quitta pas le wagon et s'éternisa sur son siège, à espérer qu'il se remette en branle, comme si en restant à sa place il y avait plus de chance qu'il redémarre. Il ne voulait se focaliser que sur la suite de son trajet, tendu vers sa destination. Ses pensées, si encombrées et confuses depuis son départ, son impatience et son amertume commencèrent à se dissiper dans l'attente et l'ennui.

La journée avançait.

Le soleil atteignit son zénith et une forme de torpeur se mit à peser de tout son poids sur les alentours. Les choses ralentirent. Le murmure lointain des voyageurs, le tintement des cloches du village, le vol des oiseaux migrateurs, les nuages poussés par le vent. La tête de Yann devint lourde et basculait à droite, à gauche, étirant les muscles de sa nuque. Il s'allongea sur les deux sièges en se servant de son sac comme d'un oreiller et perdit son regard dans le ciel à travers la vitre sale du train. Le bleu était fin, strié. L'espace s'élargissait. Plus Yann fixait le lointain, plus il lui semblait prendre conscience de l'immensité de l'atmosphère. Les heures passèrent et Yann demeura là, immobile.

Et puis, le train redémarra. Au sifflet du contrôleur, tous les voyageurs avaient regagné leur siège. Yann se rassit et durant tout le trajet se laissa aspirer par la vue, le corps balancé par les roulis de la rame. Il ne conserva pas beaucoup de souvenirs, aucune image vraiment nette de la fin de son voyage. Sans qu'il s'en rende compte, la lumière commença à faiblir, l'obscurité se mit à courir comme une nuée d'esprits, à gravir les pentes de plus en plus raides de la montagne. Le soleil finit par disparaître, enveloppé par les sommets. Les rails semblaient se resserrer et, de deux voies, il n'en resta bientôt qu'une. Ils traversèrent des tunnels, avançant lourdement, prenant de l'altitude mètre après mètre, mus par la force de traction de la locomotive à essence qui avait pris le relais après qu'ils eurent franchi la limite des voies électrifiées. Le train ralentit encore et serpenta en équilibre sur le flanc des montagnes, grinçant et brinquebalant son tas de ferraille, produisant des sons rauques de bête à bout de force, comme s'il pouvait basculer d'un instant à l'autre dans le vide. Les néons intérieurs des rames ne s'allumèrent pas.

Le train arriva finalement au terminus de la ligne, lentement, comme s'il n'était plus poussé que par son inertie, étouffé et presque sans bruit. Éclairé de ses phares avant, il se fraya un passage entre les maisons, les entrepôts et les petites industries jusqu'à la gare. La ville était emprisonnée par les massifs, tout au fond de la vallée, là où tout semblait finir et où il fallait prendre un nouveau souffle pour poursuivre son chemin.

3

La ville baignait dans un crépuscule hivernal. La fin de journée s'était abattue sans bruit sur la montagne. De son horizon, le soleil avait fait rougeoyer pendant quelques minutes les crêtes inaccessibles qui délimitaient le paysage. Elles formaient un cirque qui enlaçait les routes, les chalets, les pâturages, les bois et les manufactures, et se refermait lentement avec la nuit.

Les voyageurs qui avaient parcouru ces derniers kilomètres avec Yann se dissipèrent. Certains étaient accueillis et retrouvaient des visages familiers pendant que d'autres se livraient à des embrassades feutrées et chaleureuses. Les silhouettes marchaient les unes près des autres pour sortir de la gare, dans une proximité et un mouvement homogènes. Yann les suivit du regard, les voyant s'en aller pas à pas, rejoindre leurs voitures ou disparaître dans les ruelles du centre sans pouvoir les retenir.

Il fut bientôt seul, sous la lueur orangée d'un lampadaire, adossé à l'arrêt de bus où étaient affichés les horaires et la carte du réseau qui filait en étoile depuis la ville. Le dernier bus, celui avec lequel il aurait dû monter en station, avait accompli son trajet depuis bien longtemps. Avec son doigt, il traça le chemin qui le mènerait jusqu'à sa destination, en retenant le nom des villages qu'il lui faudrait traverser, et compta trois heures de marche.

La ville était encaissée, coincée entre les différentes pentes de la montagne. Elle était traversée par deux rivières qui avaient creusé de profonds sillons et se rejoignaient pour former un des fleuves les plus puissants de la région. Les habitants avaient domestiqué la force de l'eau pour développer une industrie florissante, où l'on fabriquait des pipes et des chaussures. Les manufactures et les ateliers étaient situés dans la ville basse et longeaient les cours d'eau. Les immeubles d'habitation s'élevaient juste au-dessus, parfois sur plus de dix étages, dont seuls quelques-uns émergeaient côté rue. Ceux qui venaient faire leurs achats en ville n'imaginaient pas que ces petits immeubles plongeaient de l'autre côté, à pic, dans un gouffre d'où s'échappaient autrefois les fumées denses et laiteuses des usines. Ce qui se passait dans la ville basse remontait peu, sinon sous forme de rumeurs. On se souvenait quand même qu'à la fonte des neiges, lorsque le printemps arrivait, le lit des rivières pouvait se mettre à gonfler avec une imprévisibilité qui emporta à plusieurs reprises des enfants d'ouvriers qui jouaient sur le gué.

Deux ponts enjambaient les cours d'eau. Au milieu de l'un d'entre eux, contemplant le vide, Yann se rendit compte à quel point la ville semblait s'élever depuis les profondeurs de la terre, comme pour capter le moindre rayon de soleil. La pierre qui servait à bâtir les immeubles était sombre, presque noire : il était d'usage de la recouvrir d'enduit et de peindre les murs extérieurs dans des teintes claires et pastel qui reflétaient la lumière, comme pour donner au centre-ville une allure estivale quelle que soit la saison. Aujourd'hui, la pierre noire refaisait surface par endroits sans être recouverte.

On était au tout début de la soirée, les rues étaient silencieuses, comme ce matin.

Avant de sortir de la ville, Yann ralluma son téléphone. Il se mit à vibrer et à sonner.

C'était la première fois qu'il le consultait depuis son départ. Il avait hésité à le regarder pendant son attente dans le train. Il avait appréhendé ce qui jaillirait de l'appareil une fois rallumé : une grêle de mots qu'il ne voulait pas lire, auxquels il ne voulait pas penser. Il n'avait pourtant cessé, depuis qu'il avait quitté la maison, de les savoir là, qui s'accumulaient, de visualiser l'appareil au fond de son sac, sous un amoncellement de pulls, de jeans et de chaussettes trouées, étouffé mais bien là. Tout referait surface, une éruption à la mesure de sa fuite.

Il avait reçu plusieurs messages et quatre appels en absence. Il n'en lut aucun et se pressa de répondre, d'abord à sa mère.

Je suis arrivé et je vais bien. Le voyage a été plus long que prévu. J'ai oublié mon portefeuille dans ma veste, la poche de droite. Pourras-tu me l'expédier rapidement ? Je suis très fatigué, je t'appelle demain. Il écrivit *Je t'embrasse*, et finalement l'effaça. Il envoya à peu près le même message à Anne-Lise, auquel il ajouta machinalement un *Je t'aime*, et se mit en marche.

Yann quitta le centre sans se retourner. Il marchait sur une route passante à deux voies, longeant des pavillons identiques. Les voitures l'éblouissaient et l'évitaient sans ralentir. Les clôtures en fer délimitaient chaque parcelle, elles étaient solidement ancrées dans des murets en pierre mais suffisamment basses pour que Yann puisse apercevoir ce qui se passait dans les maisons. Les fenêtres et les baies vitrées projetaient leur lumière blanche jusque sur le bas-côté. Des silhouettes se mouvaient à l'intérieur et Yann ne voyait que des ombres. Certaines s'arrêtaient et l'observaient avec méfiance, insistance ou interrogation ; il sentait peser sur lui leurs regards.

Une petite forme duveteuse surgit sur le muret et s'approcha de lui en se frottant le museau sur les grilles. Le chat ronronnait tout en se maintenant à distance de Yann. Il lui tendit la main, paume vers le ciel en remuant les doigts, faisant mine d'avoir quelque chose à manger. Le chat l'observait fixement, ses yeux reflétaient les phares des voitures. Il esquissa un mouvement en avant, furtif, se ravisa, tourna autour de la grille en l'effleurant avec son dos puis disparut.

Plus tard, pour gagner du temps, Yann leva le pouce à l'approche des voitures sans qu'elles s'arrêtent. Il avançait, la tête penchée en avant, les mains serrées sur les lanières de son sac à dos. Les phares éclairaient son chemin à des intervalles qui lui paraissaient réguliers. Malgré le poids de son sac, il conservait son allure. Avec la nuit, il commençait à fatiguer. Petit à petit, oubliant le bruit des moteurs, ses pensées s'envolèrent et prirent, malgré lui, la direction d'Anne-Lise.

Elle voulait devenir médecin. Elle avait réussi ses examens de première année quand lui avait dû redoubler, et depuis trois ans, elle lui balisait la route et creusait un sillon dans lequel il lui était facile de s'engouffrer. Elle le persuadait de récupérer ses cours, il la soupçonnait de choisir ses stages en fonction de ce qui pourrait lui plaire. Il ne lui disait rien. Ils étaient tous les deux conciliants et n'avaient pas beaucoup de désaccords. Elle séduisait avec une grande aisance, elle se liait facilement à de nouvelles personnes et Yann en bénéficiait. Avec douceur et sincérité, elle dessinait les contours de leur environnement social. Elle semblait heureuse comme cela, elle le maintenait doucement à flot, d'un air léger et sans que cela lui coûte. Elle aimait se projeter mais lui parlait peu de ses plans, de ses désirs pour eux, comme si les dire c'était risquer de briser l'harmonie naturelle qu'elle s'évertuait à créer. Le sillon continuait de se creuser. En acceptant la proposition répétée d'Anne-Lise de vivre ensemble, en répondant *Moi aussi* du bout des lèvres, en parlant de leur relation avec emphase à qui voulait bien l'écouter, Yann y participa bien plus qu'il ne voulait se l'avouer.

La distance n'effaçait ni les tourments ni le tumulte qui agitaient ses pensées. Pourtant, Yann avançait en confiance, certain de son itinéraire et de sa lecture des cartes. Il avait le cœur serré, un goût âpre persistant dans le creux de la bouche. Il quitta la route principale qui longeait la forêt d'épicéas et s'engagea sur une route étroite et sinueuse, qui grimpait de façon plus franche et s'engouffrait profondément dans le bois, laissant derrière lui, au loin, les lumières de la ville et le vacarme du trafic. Il fut progressivement baigné dans une obscurité totale qui aiguisa ses sens et lui fit percevoir les bruits qui l'entouraient. Éclairé par la faible lueur de sa lampe frontale, l'univers observable se rétrécit à quelques mètres. Il voyait ses pieds fouler la route, ses mains accrochées aux sangles, mais s'il redressait la tête, l'éclat de la lampe se perdait dans la nuit. Il écoutait l'asphalte, les gravillons rouler sous la semelle de ses chaussures. En l'absence de visibilité, il se représenta son environnement par les frémissements du monde, par le vent dans les épines de pin, par la foulée des mammifères sur le duvet d'aiguilles et de mousse, par le craquèlement des écorces et le chant des oiseaux de nuit. Ses pas se firent plus lourds, comme si la gravité s'accentuait et s'épaississait et, sans forcément avoir conscience du chemin parcouru, il se sentit progresser dans son ascension. D'autres sons lui parvinrent, plus étranges et indéfinis, des crépitements, des hululements enroués et des frottements qui vinrent à lui, sans qu'il puisse cette fois-ci y associer une image. La forêt l'encerclait et se rapprochait. L'air était sec mais il ne faisait pas froid. Il accéléra le pas. Le souffle de Yann ne dégageait aucune chaleur susceptible de contraster avec l'air de cette nuit d'hiver. Il avait noué sa veste à son sac à dos, les manches dépassaient par le dessus et battaient ses épaules au rythme de sa marche. Sa sueur imbibait de nouveau sa chemise et la base des manches.

Aux aguets mais appesanti par la fatigue, il se sentait inexorablement glisser sur le bas-côté. Il réajusta les lanières de son sac, et prit une profonde inspiration pour remplir son corps d'oxygène et se donner un peu de contenance.

C'est alors qu'au loin, à plusieurs centaines de mètres en amont, perçant l'obscurité de la nuit et se frayant un chemin au travers des troncs, la lueur de phares apparut. Yann la vit de loin, d'abord muette, puis accompagnée du vrombissement d'un moteur. Il la suivit du regard, devinant la courbe de la route qui descendait vers lui. Distant de quelques dizaines de mètres, Yann, qui scrutait le pare-brise pour discerner le chauffeur, fut d'un coup traversé d'un tressaillement à la seconde même où leurs regards se rencontrèrent. La camionnette le croisa. Yann interrompit sa marche et entendit le crissement aigu des freins. Il se retourna, la vit faire demi-tour pour s'arrêter à sa hauteur. Ébloui par les phares, il ne distinguait toujours pas clairement le conducteur qui baissait la vitre pour s'adresser à lui. La voix était nette, ronde, elle lui parvint par-dessus le bruit du moteur.

— Tu ne serais pas Yann par hasard ?

Yann s'approcha, les mains toujours agrippées aux lanières. Il plissa les yeux pour essayer de voir l'homme qui lui parlait.

— Si, c'est moi.

— Bonsoir Yann, je suis Hans. Je pensais que tu arriverais par le car.

Hans se pencha pour lui ouvrir la porte.

— Monte. Mets ton sac à l'arrière.

Yann acquiesça sans dire un mot et s'exécuta. Il jeta son sac au milieu d'un amas indescriptible de toile, d'outils et de cartons. Une fois assis, il referma la porte d'un geste hésitant. Les sièges sentaient le tabac froid.

— Claque-la franchement, elle se ferme mal.

La camionnette se remit en route.

— Je suis désolé, commença Yann par-dessus le bruit du moteur, il y a eu un problème avec le train. Je pensais pouvoir arriver plus tôt.

— À pied ? Tu n'étais pas près d'arriver. Tu vas voir, la route monte encore comme ça sur plusieurs kilomètres.

Hans marqua une pause pour anticiper un virage serré qu'il négocia avec souplesse malgré la rudesse du véhicule. Pourtant, Yann sentit naître en lui une nausée qui ne le quitta plus.

— Tu aurais pu m'appeler ou me prévenir que tu aurais du retard, je serais venu à la gare. Je l'ai fait le week-end dernier pour deux de tes collègues.

— Je me suis dit que je pouvais arriver en marchant, répondit Yann en s'agrippant à la portière. J'aime bien marcher. J'ai calculé que ça me prendrait trois heures. Je pense que j'ai sous-évalué.

Hans hocha la tête et balaya les alentours de la main.

— À moins que tu ne sois un excellent marcheur. Mais comme tu sais, en hiver, à partir de seize ou dix-sept heures il fait nuit noire, surtout quand on traverse la forêt. Il arrive que des promeneurs se fassent surprendre par la nuit et se perdent. Tu as même de la chance, en temps normal tu n'aurais probablement pas pu monter aussi haut, avec le verglas et la neige accumulée sur les bas-côtés. C'est assez dangereux, une voiture qui glissait a déjà fauché des promeneurs.

— Oui c'est vrai, fit Yann qui essayait de discerner ce qui les entourait et la nuit devenue impénétrable.

— En fait ça m'est aussi arrivé de monter à pied depuis la gare. Je l'ai fait, comme toi, quand je ratais le dernier bus. Quoique avant il y en avait plus qui montaient. Je faisais du stop aussi. Tu fais du stop ?

— J'en fais pas mal l'été, mais là ça n'avait pas l'air de marcher.

Hans sourit. Entre deux phrases, sa respiration était profonde. Il ne semblait pas essoufflé mais inspirait et expirait avec amplitude, dans un souffle intense. Yann l'avait remarqué lorsqu'ils s'étaient entretenus au téléphone. Hans l'avait appelé et, après avoir discuté quelques minutes, lui avait annoncé qu'il acceptait sa candidature. Il avait de plus en plus de peine à trouver des saisonniers, qui préféraient des stations plus grandes, plus hautes, ou des boulots mieux payés. Au téléphone, sa voix était sans âge. Maintenant qu'il le voyait, il ne pouvait pas davantage lui en donner un. Ses cheveux étaient grisonnants et son visage dénué de rides. Sa peau était sèche, ses gestes étaient souples. Il devait se situer quelque part entre quarante et cinquante ans.

Hans tenait le volant à deux mains et avait une conduite agréable, presque délicate, comme s'il prenait soin de sa camionnette qui semblait sur le point de tomber en morceaux. À chaque virage, Yann sentait monter avec plus de force la nausée et les vertiges. Il chercha à fixer son regard sur la route et à se concentrer sur un point au loin, mais il n'y avait que la nuit et une obscurité de plus en plus dense autour d'eux, avec parfois une branche de sapin ou une souche, révélées par la lumière des phares.

— Est-ce qu'on peut recevoir du courrier à l'hôtel ? demanda Yann qui regretta immédiatement sa question. Je veux dire, je suis parti ce matin sans mon portefeuille et on va me l'envoyer. Il faudrait que j'indique une adresse de livraison.

Hans marqua un temps, comme s'il hésitait à lui sortir une vanne, puis se contenta de lui communiquer l'adresse de l'hôtel. Il ajouta :

— C'est pas souvent qu'on voit des étudiants en médecine venir pour la saison. Tu as fui la chaleur de la ville ? En général ceux qui viennent travailler le font avec un autre projet en tête, pour se faire un peu d'argent en complément de leur travail. Ou bien ils ne font que ça. L'année dernière, j'ai embauché une jeune qui avait l'habitude de faire ses hivers en station, ses étés dans un bar de camping où elle était serveuse, puis elle enchaînait avec les vendanges en septembre. Elle démarrait dans le nord de l'Espagne et remontait la vallée du Rhône pour terminer en Champagne.

En parlant, Hans traçait cet itinéraire avec sa main sur une carte imaginaire suspendue devant lui. Il continua :

— Les gens se font en général plein de potes comme ça. Elle, elle trouvait toujours un canapé, une caravane pour dormir et elle a rassemblé plusieurs compagnons de route au fil des années. Ils ont fini par prendre leurs vacances ensemble, entre deux boulots, en octobre ou novembre, en mars ou en avril, quand y avait moins de travail. J'embauche aussi des artistes, des intermittents qui bossent dans le cinéma ou la culture. Il y en a qui font aussi d'autres boulots, de la manutention, des caissiers, des intérimaires. Souvent des boulots de merde, enfin, des boulots mal payés et pas reconnus. Mais un médecin, ou futur médecin, c'est la première fois.

Yann acquiesça et marmonna une réponse convenue. Il avait en réalité une multitude d'idées, d'anecdotes ou de récits pour rebondir sur les propos de Hans. Il avait été serveur un été dans un café associatif géré par un couple d'amis qui eux-mêmes étaient coutumiers des saisons. Il aurait saisi la perche tendue par Hans et lui aurait parlé de ses études. Mais Yann était las. Une lassitude, une absence d'envie que sa nausée n'arrangeait pas. Alors, il maintint un niveau de conversation acceptable, suffisant pour que Hans ne lui pose pas trop de questions et qu'il mette ça sur le compte de la fatigue et du voyage.

La route pour arriver jusqu'à la station était longue. Il lui sembla qu'il n'aurait jamais pu parcourir tout ce chemin. Il aurait fait des pauses, mais se serait quand même écroulé dans la forêt. Hans avait vu juste et Yann se sentait maintenant reconnaissant. Il cessa de chercher à se repérer et se contenta de poser son regard sur la route qui se découvrait devant eux. Ils parvinrent finalement en station, mais Yann ne perçut que des halos vifs, des reflets chauds et des flambeaux dansants. Ils la traversèrent à vive allure jusqu'à l'hôtel de Hans qui donnait sur la forêt.

4

Cette nuit-là, Yann s'abandonna dans son lit comme on s'enfonce dans des sables mouvants. Il dormit profondément, mais il dormit mal : il rêva de façon opaque, chaotique et fiévreuse, se contorsionnant dans ses draps, sur un matelas trop mou que d'autres auraient trouvé confortable mais qui lui donna l'impression de sans cesse vouloir se refermer sur lui. Après quelques heures d'un sommeil agité, il se réveilla en pleine nuit et mit plusieurs secondes à comprendre où il se trouvait, suspendu et figé, attendant que son esprit reconstitue le chemin de la veille jusqu'à cette chambre étrangère. Il n'avait pas fermé les volets ni tiré les rideaux, et les rayons de lune éclairaient le plancher comme en plein jour. Il était impossible de deviner l'heure, de savoir s'il était très tard dans la soirée ou tôt avant l'aube. Cette lumière vive aurait pu être la lumière du jour.

Yann se refusa d'abord à garder les yeux ouverts et s'efforça de retrouver le sommeil, blotti dans ses draps, seul dans sa chambre, dans ce recoin de l'hôtel, au fond de la montagne. Le silence de la pièce se heurtait aux murs et ricochait dans toutes les directions, créant un bourdonnement, un sifflement qui traversait ses tympans même lorsqu'il enfouissait sa tête sous les couvertures. Une odeur de résine pénétrait ses narines et le goutte-à-goutte d'un évier parvenait jusqu'à lui. La solitude s'emparait de son corps et ses acouphènes le maintenaient éveillé. À un moment, alors qu'il se rendormait, il se sentit plonger en chute libre tout au fond de lui-même. Ses tourments lui donnaient des vertiges, il manquait d'air, semblait ne plus pouvoir bouger, son corps et son esprit baignaient dans des eaux troubles et marécageuses. Dans son demi-sommeil, il sentait sa transpiration se répandre sur les draps et la faim lui déformer l'estomac. Il avait refusé les restes de repas proposés par Hans à leur arrivée, de peur de tout vomir. Son ventre en était douloureux, comme s'il cherchait à s'ingérer lui-même faute de nourriture. Le lit était un peu grand pour une personne, trop petit pour deux, les draps étaient délavés et rigides et les couvertures en laine bouillie lui grattaient les bras et le torse. Il se retourna plusieurs fois, changea de côté, ramena ses jambes contre son ventre, puis s'étendit sur toute la longueur du matelas, jusqu'à ce que ses pieds en caressent l'extrémité. Après de lentes et longues circonvolutions entre les draps, résigné, il rouvrit les yeux.

Il avait posé son téléphone sur la table de nuit en entrant dans la chambre, avec une fausse nonchalance.

Il se mit sur le flanc. Il attrapa l'appareil dont la surface, posée contre le bois, était poisseuse et humide. Il l'alluma et se refusa à regarder l'heure dans l'espoir de pouvoir se rendormir. La lumière bleue lui éclaira le visage. Il fronça les sourcils. Ses doigts et ses yeux parcoururent l'écran avec une vivacité soudainement retrouvée. Il capta les messages de sa mère plus qu'il ne les lut. Ils dataient tous de la veille.

7 h 42 : *Tu es parti vite. Je comprends que tu n'aies pas eu le choix et que tu aies dû partir ce week-end, mais j'aurais aimé que tu prennes le temps d'y réfléchir davantage. Ou au moins prendre le temps de me dire au revoir. C'est ta décision, mais elle n'est pas à prendre à la légère. Bon voyage.*

8 h 17 : *J'ai retrouvé ton portefeuille dans la poche de ta veste ! Je ne fouille pas dans tes affaires, je voulais lancer une machine avant de partir au travail. J'espère que tu as un peu de liquide, appelle-moi pour me dire quand et où je te l'expédie.*

13 h 15 : *1 Appel en absence*

14 h 28 : *2 Appels en absence*

15 h 23 : *J'ai essayé de t'appeler mais ça ne sonne pas. J'espère que tout va bien.*

17 h 32 : *Merci pour ton message, j'étais inquiète. Je suis contente que tu sois bien arrivé. Il y a eu un problème avec le train ? J'essaierai de t'appeler dans les prochains jours. Je t'embrasse.*

Il y avait aussi plusieurs messages d'Anne-Lise. Il les lut à toute vitesse, le souffle court, faisant défiler le texte sous son pouce. Le bruit du silence et le craquement des murs s'étaient tus.

9 h 10 : *Coucou. Tu ne m'as pas dit à quelle heure tu partais, mais j'ai compris que c'était tôt. Cela va être dur d'apprendre à se lever le matin sans te sentir à mes côtés. Je viens de regarder quelques photos de la montagne, ça a l'air très beau. J'espère qu'il y aura autant de neige quand je viendrai te voir à Noël !*

15 h 37 : *Ta mère a essayé de m'appeler deux fois. Je crois qu'elle n'arrive pas à te joindre et qu'elle s'inquiète. Tu devrais lui envoyer un message, ça la rassurera.*

15 h 48 : *Est-ce que tout va bien ?*

Son téléphone comprenait d'autres messages d'amis et de connaissances, une invitation à une soirée, une question sur son choix de stage, une relance de la bibliothèque universitaire pour un livre sur les maladies infectieuses, emprunté depuis un mois, et une réduction pour des ventes en avant-première dans une boutique de vêtements du centre-ville.

Il fit défiler la liste qui s'affichait sur son écran et conclut qu'Anne-Lise n'avait pas répondu à son dernier message.

Son rythme cardiaque s'était accéléré lors de sa lecture, comme si son cœur, son esprit et tous ses membres s'étaient préparés à encaisser le choc des mots qu'Anne-Lise aurait pu lui écrire. Yann était à présent tout à fait éveillé. Les messages ne l'ébranlèrent pas autant qu'il l'avait craint et il fut rassuré de n'en trouver aucun autre. Il se contenterait ainsi de répondre à sa mère et remettrait le reste à plus tard. Il reposa l'appareil, l'écran contre le bois, et s'étendit sur le dos. Autour de lui, un noir profond avait pris possession des murs de la chambre et ses pupilles, contractées par la lumière vive de son appareil, mirent quelques minutes à le défaire.

Pour se détendre et essayer de retrouver le sommeil, Yann se concentra sur sa respiration, suivant les conseils d'Anne-Lise qui pratiquait la méditation avec assiduité sans attendre que le tracas ne l'assaille. Cet exercice n'avait jamais pleinement convaincu Yann, cela l'ennuyait et ses pensées continuaient souvent de grouiller en lui. S'il persévérait, cela le plongeait dans une forme de léthargie où, la bouche pâteuse, les troubles et les préoccupations continuaient de jaillir et de parasiter son esprit, à l'opposé, lui semblait-il, de l'état désiré de légèreté et de vide. La plupart du temps, il jurait, renonçait au bout de quelques longues minutes. Cette fois-ci, il persévéra. Il retomba progressivement dans un état de somnolence, refuge sur lequel des images de sa vie récente se heurtèrent sans pouvoir y pénétrer. Il s'assoupit, la température de son corps baissa et il se mit à éprouver une sensation de recul, de prise de distance avec le monde. Il se sentait étrangement à l'écart et à l'abri dans cette chambre où personne à part Hans ne savait qu'il se trouvait. Il se maintint aussi longtemps que possible dans ce calme qui lui montrait d'une ligne continue un chemin vers un sommeil plus doux, malléable et inoffensif.

Il resta un long moment dans cet état, sans tout à fait s'endormir et sans pouvoir mesurer le temps qui s'écoulait. Puis il commença à entendre l'hôtel se réveiller. D'abord des bruits de pas, les poutres et le plancher qui craquent, des marches étouffées comme des illusions, les tintements de la vaisselle qui parviennent au travers des cloisons, un ensemble de mouvements dont on devine petit à petit les gestes et les intentions, des murmures et des voix qui s'approchent puis s'éteignent. Yann rouvrit les yeux et il faisait jour.

La chambre s'offrait à présent tout entière à son regard. Il appréhendait la pièce dans sa réalité nue, défaite et dépouillée des troubles de la nuit. Il se sentait soulagé, comme si, en déjouant les pièges de l'insomnie, il avait apprivoisé la chambre et acceptait qu'à partir de ce matin elle devienne un peu la sienne, pour quelque temps.

Il demeura un long moment dans son lit, écoutant l'agitation qui lui parvenait, et retarda sa sortie le plus possible, caressant un instant l'éventualité de rester là tout l'hiver. Il n'avait pas défait son sac et l'avait posé sur le sol, son manteau encore noué aux sangles, ses vêtements de la veille éparpillés sur le plancher en bois clair et plein d'échardes. Sa chambre était située au troisième étage, à un angle de l'hôtel. Il y avait deux fenêtres et la forêt s'arrêtait à quelques mètres, certaines branches de sapin s'étiraient et effleuraient presque les vitres. Yann aurait pu les toucher en tendant la main.

Les murs qui donnaient sur l'extérieur étaient en bois massif laissé nu. Ils dégageaient une odeur dense qui imprégnait l'air jusque dans ses draps. Un vieil évier était accroché sur l'un des murs. Seule de l'eau glacée y coulait et, en fermant le robinet, un goutte-à-goutte se poursuivait pendant de longues minutes. Un tapis râpeux et usé aux teintes rouges recouvrait une bonne partie du plancher. Il y avait aussi un petit bureau en bois près de la fenêtre, une lampe posée dessus et une chaise.

Yann se leva à contrecœur. Il s'aspergea d'eau froide, se frotta le visage avec ses mains et se regarda un temps dans le miroir doré suspendu au-dessus de l'évier. Ce matin-là, malgré la fatigue et les traits tirés, il se trouva une mine apaisée.

Il arrangea ses cheveux et s'habilla des mêmes vêtements. Il passa en plus un pull en laine rugueuse et épaisse, trop grand pour lui, et sortit de la chambre. Il traversa à pas feutrés un des couloirs de l'hôtel, silencieux et sans vie, dans lequel la lumière du dehors pénétrait faiblement par les fenêtres et les baies vitrées des chambres inoccupées, dont les portes demeuraient ouvertes. C'était une lumière grise et froide. Elle révélait la moquette mauve, ornée d'un liseré doré et marquée de fleurs de lys. Les murs étaient recouverts de lambris jusqu'à mi-hauteur et des photos anciennes de la montagne jalonnaient le parcours. Certains cadres penchaient et des photos glissaient sous le verre. Des appliques murales aux abat-jour jaunis étaient disposées tous les cinq mètres, sans que Yann parvienne à trouver les interrupteurs pour les allumer. Il avait un souvenir vague du chemin qui le conduirait jusqu'à la salle du personnel que Hans lui avait indiquée la veille en le menant à sa chambre. Il se heurta à des portes closes, s'engagea dans des escaliers qui menaient à la cave, et déambula dans les couloirs identiques sans retrouver la pièce qu'il cherchait. Il entendit alors au loin des échos de conversation qui se firent petit à petit plus nets à mesure qu'il avançait. Il se laissa finalement guider par les voix et arriva à la réception.

Derrière la cloison en verre qui le séparait du restaurant, Yann ne distingua que des silhouettes. C'était une verrière translucide, aux parois polies et soufflées selon une méthode ancienne qui laissait passer la lumière, le tintement des tasses et le bruit des conversations. Yann compta quatre personnes attablées dans le restaurant. Il ouvrit doucement la porte et, à peine la tête passée dans l'encadrement, croisa le regard d'une femme qui lui sourit, un sourire à peine esquissé et doux, qui se lisait sur les lèvres et dans le regard.

— Bonjour Yann, fit-elle en portant une tasse à sa bouche.

Hans était assis dos à la porte. Il se retourna et, voyant Yann, se leva brusquement pour l'accueillir en s'exclamant d'une voix qui fit trembler le verre :

— Ah Yann ! Bien dormi ? Viens t'asseoir avec nous. Nous sommes sur la fin, mais il reste du café chaud dans le broc et du pain.

Yann répondit d'abord d'une voix feutrée, encore engourdie par la nuit. Il s'éclaircit la gorge :

— Je pensais qu'on déjeunait dans l'autre salle dont tu m'as parlé hier. Je n'ai pas réussi à la retrouver.

En répondant à Hans, il adressa un signe aux deux autres compagnons de table qui lui répondirent d'un hochement de tête, l'un avec une moue grimaçante, l'air renfrogné, l'autre en le fixant de ses yeux clairs et en esquissant un sourire crispé. Les quatre convives s'écartèrent pour lui laisser une place. Il appréhendait un peu la réaction de Hans, ses remarques sur son état de la veille, les reproches ou les allusions qu'il pourrait lui faire, d'avoir dû se déplacer pour le récupérer sur le bord de la route, son absence de conversation, son isolement rapide dans sa chambre. Mais Hans semblait laisser tout cela derrière lui.

— Pour le moment, c'est assez calme, pas de touristes et encore peu de locaux, fit-il en épluchant soigneusement une pomme tandis que Yann s'asseyait. Les saisonniers arrivent au fur et à mesure. Tout le monde est plutôt confiant et embauche, avec ce qu'il est tombé il y a quelques semaines. Pour l'instant, ici vous n'êtes que deux. Joachim dort encore, je crois. Tant que la saison n'est pas vraiment lancée, on profite de la grande salle jusqu'à tard, c'est mieux que de devoir se lever deux heures plus tôt et d'avaler un café en vitesse. La pièce que je t'ai montrée hier, elle sert plus à faire des pauses.

Il termina d'éplucher le fruit dont la peau s'étala en un long ruban aux bords équilibrés. Il coupa quelques quartiers qu'il porta à sa bouche.

Le plafond du restaurant était bas et assombrissait la pièce, malgré les grandes baies vitrées qui les encerclaient. Elles formaient un bandeau et couraient tout autour d'eux.

— Yann, tu ne connais pas encore ma sœur, Agnès. Elle vient de temps en temps, elle me donne aussi des coups de main pour la gestion de l'hôtel.

— J'habite plus bas, de l'autre côté de la vallée, compléta-t-elle.

Agnès paraissait plus jeune que Hans. Elle dégageait une

sincérité ferme, elle avait les traits sévères et ses gestes, ses mouvements de tête, ses hochements d'épaules étaient un peu sophistiqués, comme si elle interprétait une chorégraphie.

— Hans m'a dit que c'était la première fois que tu venais travailler ici.

Yann saisit une tranche de pain. L'appétit était là, il l'avait retrouvé en s'asseyant à table. C'était la première fois qu'il venait à la montagne, tout court. Il avait toujours habité la côte et il ne s'était jamais éloigné de la mer, ni avec ses parents ni avec ses amis. À son tour, il interrogea Agnès. Elle s'occupait d'un petit réseau d'agences immobilières, héritage d'un patrimoine familial autrefois beaucoup plus important. Elle mettait en vente des chalets situés dans les stations alentour, dont les prix auraient dû croître d'année en année. En réalité, ses agences s'occupaient le plus souvent d'organiser les locations saisonnières. Yann lui raconta brièvement son voyage de la veille, le retard, et son arrivée dans la nuit qui ne lui avait pas permis d'apprécier le lieu où il mettait les pieds.

— Cette station, comme la plupart des stations, a été bâtie sur quasiment rien, il y a une cinquantaine d'années, lui raconta-t-elle. Il y avait un petit village, dont on peut voir quelques restes, et cet hôtel, un des plus anciens de la région et aussi un des plus hauts. Il a fait office de sanatorium, sur une courte période, je crois. En même temps, on a une belle vue d'ici, c'est dégagé et souvent très ensoleillé. On est exposé à l'est et au sud, on reçoit les premiers rayons du soleil le matin. Avant, tout était entouré de forêts, des sapins surtout, mais il y avait aussi des hêtres, quelques érables. Les hivers étaient rudes, la route qui nous relie à la vallée était coupée de longues semaines à cause de la neige.

Elle s'arrêta un instant. Voyant que Yann l'écoutait avec attention, elle reprit :

— Puis le ski s'est popularisé et il y a eu des décennies radieuses pour les affaires à la montagne, à partir des années 60. Il y avait déjà un petit téléphérique qui partait du village et permettait de monter sur une des crêtes. Notre père avait une entreprise du bâtiment dans la vallée, une des plus importantes de la région. Il a senti que le vent tournait. Plutôt que d'attendre que des Parisiens arrivent, il a proposé à la commune de racheter le téléphérique et il a tenté le coup ici. Le maire de l'époque n'a pas été difficile à convaincre, ce n'était pas une station phare et très subventionnée comme il y en a ailleurs. Notre père a beaucoup investi, les banques ont suivi. Il s'est transformé en une sorte de promoteur et ça a marché pendant une quinzaine d'années. Plutôt que de vendre à des hôteliers ou de vendre les appartements à des particuliers, il a voulu voir encore plus grand et tout gérer avec une nouvelle branche de son entreprise. Une branche hôtelière. Mais c'était plus un bâtisseur qu'un gestionnaire. C'était trop, et il a fallu tout revendre sans vraiment couvrir les sous qu'il avait investis. Nous aurions pu hériter de tout cela.

Elle balaya l'air d'un grand arc de cercle avec sa main.

— Finalement ce n'est pas plus mal. Si tu n'as pas vu la station hier, tu iras faire un tour tout à l'heure.

— Pourquoi tu te dis que finalement c'est mieux comme ça ? demanda Yann qui avait écouté chacune de ses paroles avec attention, tout en continuant d'avaler de grandes gorgées de café pour faire passer les bouchées de pain un peu sèches.

— Je n'avais pas envie de devenir une femme d'affaires, et puis Hans (elle lui fit un signe de tête en souriant), Hans, il te racontera. Je crois qu'il préfère son petit (elle rectifia devant la moue de désapprobation de Hans) – pas si petit – hôtel.

Hans les avait écoutés sans se manifester, comme s'il n'était pas vraiment intéressé par leur conversation mais cherchait plutôt à les contempler faire connaissance. Cela troubla Yann, qui trouvait cette attitude curieuse, bien qu'il n'y discerne aucune intention intrusive. Agnès paraissait quelque peu agacée par Hans qui lui dit, en souriant, qu'elle avait selon lui tout d'une femme d'affaires.

Les deux autres compagnons de table, l'air toujours renfrogné, s'agitèrent et Yann comprit que quelqu'un d'autre venait d'arriver.

Joachim salua les convives, se présenta à Yann et jeta un œil dehors, à travers les baies vitrées, détail qui sembla provoquer un long soupir chez l'un des deux convives dont Yann n'avait pas retenu le prénom. À la façon dont Joachim était arrivé, dont il s'adressait à chacun, à la manière avec laquelle il empoigna une chaise et se trouva une place, se servit le reste de café et prit les conversations en route, Yann se dit que les relations ici devaient être simples, conviviales et chaleureuses. Il se détendit.

On était dimanche. Ils finirent de manger, Agnès s'en alla et ils prolongèrent les discussions en faisant des petits tas de miettes de pain qu'ils ramassaient sur la nappe avec le creux de la main. Il n'y avait rien d'autre à faire et, après le petit déjeuner, Yann quitta l'hôtel pour découvrir la station, gardant au chaud le récit d'Agnès pour arpenter les lieux avec un regard plus affûté.

Il décida de déambuler sans parcours précis.

L'hôtel trônait sur le point le plus haut et devait dominer autrefois ce petit village de montagne. C'était un hôtel centenaire, en deux parties. Le cœur, construit en pierre couverte de chaux, s'élevait sur trois étages. À l'arrière, une extension en bois avait été bâtie et s'avançait vers la forêt. Les fenêtres étaient alignées avec une régularité imparfaite mais disposées avec suffisamment de cohérence pour qu'on devine les étages et l'arrangement harmonieux des pièces intérieures. Sur les façades on pouvait lire l'écoulement des années. En contemplant cette bâtisse à la grandeur terne, il retrouvait ce qu'on ressent lorsqu'on contemple un livre d'histoire, cette perception du temps qui passe comme quand on tient entre les mains des cartes postales anciennes, qu'on se rend compte à quel point les lieux qu'on connaît ont changé, changent et se transformeront encore.

Une pente douce descendait de l'hôtel vers le cœur du village. Des anciennes maisons aux murs ébréchés par les ardeurs de l'hiver s'alignaient en bordure des ruelles, comme si elles avaient été reléguées là pour faire place aux immeubles contemporains. Les granges fatiguées et chancelantes, abîmées par les tempêtes, se dressaient encore par endroits et leurs toits inclinés n'offraient aucune accroche aux chutes de neige. De légères fumeroles blanches sortaient par les conduits de cheminée tordus et indiquaient que la vie subsistait, qu'un feu brûlait encore. Du côté de la forêt ces habitations étaient encerclées par des chalets bien plus récents, aux murs de bois clair et aux larges ouvertures vitrées, aux terrasses généreuses exposées aux rayons du soleil. Du côté des pistes, d'immenses barres de béton ponctuées d'ouvertures parfaitement régulières et homogènes, hautes de cinq étages, aux toits légèrement pentus et aux murs recouverts d'un bardage foncé, presque noir, donnaient à l'ensemble une allure morne. Une dizaine de bâtiments étaient disposés en amphithéâtre autour du départ des télésièges, et qui voulait rejoindre les pistes était forcé de traverser l'un des passages disposés au niveau des rez-de-chaussée, entre les superettes, les loueurs de matériel, les tavernes et les boutiques de souvenirs.

L'air, le sol, la terre, chaque dalle de carrelage, chaque trou dans le bitume, chaque pas de porte, tout était sec. Yann longea ces immeubles pour en faire le tour et parvint au point de départ des télésièges qui menaient les skieurs à la cime des pistes. Hans lui expliquerait plus tard qu'on appelait cette partie de la station le « front de neige », comme on appelle les boulevards et les hôtels cossus qui longent les plages le « front de mer ». La montagne était encore tapissée par endroits des neiges précoces tombées quelques semaines plus tôt. En attendant la saison, ces immeubles vides étaient tournés vers un paysage parsemé de vert, herbeux et rocailleux, où de larges langues déboisées perçaient la forêt et convergeaient vers le départ des pistes.

Avant de retourner à l'hôtel, Yann grimpa jusqu'à une sorte de promontoire rocheux d'où il se dit qu'il pourrait avoir une vue d'ensemble. Alors qu'il montait, il se fit trois remarques.

Qu'il appréciait le vide de la station, l'absence de foule, la possibilité d'appréhender le lieu dans son dénuement le plus sobre, comme lorsqu'on arrive en avance et qu'on peut prendre le temps qu'il faut pour se préparer à un rendez-vous important.

Qu'il lui était presque impossible d'imaginer cet endroit complètement couvert de neige, malgré les traces çà et là. Il percevait un décalage immense entre la morosité de la station telle qu'elle se présentait à lui et les images qui s'accrochent en général à ces lieux, un enthousiasme un peu futile, une forme d'émerveillement mêlé à un plaisir qui lui paraissait encore inaccessible.

Et enfin, que l'hôtel de Hans était à part, une architecture de fragments, des morceaux provenant de différents âges de la montagne, une construction étrange dont il était difficile de saisir l'ensemble mais qui tenait debout et sur laquelle pouvait se lire l'histoire du lieu.

5

L'après-midi où pour la première fois il occupa le fauteuil de la réception, Yann reçut le colis contenant son portefeuille.

— Il y a du courrier pour toi, lui dit Hans d'un air entendu, en passant sa veste pour sortir. Il est arrivé ce matin.

Sur une des étagères en bois massif qui s'alignaient derrière la réception, un petit paquet enveloppé de papier Craft avait été déposé, bien en évidence, comme s'il l'attendait. Yann fut surpris : alors qu'il ne s'inquiétait pas outre mesure de l'arrivée de son portefeuille, Hans semblait y accorder une attention particulière et, malgré le détachement qu'il affichait et leur discussion rapide et tardive dans la voiture l'autre soir, il s'en était souvenu.

Yann reconnut l'écriture de sa mère sur l'enveloppe et le timbre de la mairie où elle travaillait. Le petit paquet contenait aussi une lettre d'Anne-Lise. Elle était passée récupérer des affaires, et avait profité de l'envoi de son portefeuille pour lui glisser un mot affectueux, mais qui sonnait creux.

Sa mère avait joint quelques billets en plus, comme lorsqu'il était enfant et partait en colonie de vacances. Un instant, il aurait préféré ne rien recevoir.

Yann releva la tête mais Hans était déjà sorti. La porte grinçait et battait contre le cadre sans se refermer. Il se leva, tenta d'apercevoir Hans, de deviner où il était parti, et revint s'asseoir, la porte toujours entrouverte. Il mit de l'ordre sur le comptoir, empila quelques prospectus et relut le message d'Anne-Lise.

Ce même après-midi, elle l'appela.

Il n'entendit ni son souffle ni ses vibrations. Ils échangèrent des banalités. Anne-Lise était ferme, distante. Il y eut rapidement un silence. Puis, elle prit une grande inspiration et Yann serra les dents. Elle parla d'une voix nette qui claquait et découpait chaque syllabe, toujours à la première personne, ce « Je », si sec, si définitif, elle qui s'attachait à ne jamais présager de ce que l'autre pensait. Elle disait toujours que c'étaient « ses impressions », « ses perceptions » qu'elle exprimait alors qu'elle faisait souvent preuve d'une lucidité acerbe. Et Yann, qui s'attendait à ce qu'elle soit agacée par son absence de nouvelles, se raidit à mesure de leur conversation, sentant comme une plaque de métal se glisser le long de son dos.

Il fallait qu'elle lui parle, qu'elle lui parle vraiment, alors elle ne s'arrêta pas : *Je pense que tu as craqué vis-à-vis de tes études, c'est pas grave, tu peux me le dire, à moi, que t'en peux plus, que t'as jamais vraiment aimé ça et que tu préfères suivre cette voie sans te poser de questions parce que t'es doué, toi, que c'est facile pour toi, que même si tu donnes l'impres-*

sion de ramer, t'as juste à t'y mettre un peu pour que ça passe ! Pourquoi tu me l'as pas dit ? Pourquoi t'es parti comme ça ? En fait, au début, j'ai pas compris, mais je me suis dit, fais-lui confiance, et en fait ça passe pas. Je pense que t'aurais dû me dire. Et puis, et puis non, je m'en fous, je sais que depuis le début, tu te laisses porter par moi, ça te va bien comme ça, mais là je pense que j'en ai assez de me projeter pour nous deux, je pense que ça fait un moment que notre relation se dégrade, et j'ai l'impression que tu le vois pas. Tu sais, la tendresse que j'ai pour toi, elle se teinte, elle s'abîme. Et je trouve que tu laisses faire, que tu te laisses trop faire, tu as tellement peur de me décevoir, de décevoir tout le monde. Je pense que je peux deviner, à chaque fois, avant que tu ouvres la bouche, la façon dont tu vas réagir. Je sais ce que tu vas répondre à mes questions, aux questions des autres. Quand tu parles, quand tu racontes ta vie, notre vie, aux autres, tu mets tellement d'excès, en essayant de te donner des grands airs. Mais je vois bien que c'est faux. Ça me crispe que tu te sois jamais engueulé avec personne, que tu te conformes à ce qu'on veut que tu sois. Tu t'accroches, tu persistes mais ça finit par se voir, moi je le vois, que c'est pas toi. Tu es devenu tellement lisible et en même temps, je sais pas qui tu es.

Elle lui dit qu'elle a finalement ressenti une bouffée d'air quand il a décidé de partir. Elle sait qu'elle ne l'aime plus, ou plus comme avant, elle pense surtout que quand elle dit cela, elle le soulage, encore une fois, qu'elle lui enlève un poids et les mots de la bouche, elle va au-delà, une fois encore, du point d'honneur qu'elle met à ne rien présager de l'autre. Elle ne le désire plus et le lui dit, elle en désire d'autres et elle le lui dit, elle amorce une phrase, un truc que Yann sent venir comme un coup de poing, mais elle se retient, et ce qui devait venir reste au bord de ses lèvres.

Les paroles d'Anne-Lise lui arrivèrent nettes et aiguisées comme des échardes. Plusieurs fois il voulut la couper, lui dire qu'il ne se sentait pas soulagé, s'expliquer, se justifier, lui rappeler que son départ avait été précipité car on avait besoin de lui tout de suite. Il lui avait parlé de ses difficultés avec les cours, voulait lui dire qu'il avait demandé un report d'année au secrétariat et qu'il y avait de bonnes chances pour qu'ils acceptent, qu'il pourrait repartir sur de meilleures bases. Puis quand il comprit qu'elle le quittait, il eut soudain de nouveau cette sensation, l'impression de s'écarter de lui-même. Au téléphone la voix se fit plus lointaine et les mots lui parvinrent comme en écho. Le flot de paroles d'Anne-Lise et celles qui lui restaient dans la gorge se nouèrent et formèrent une pelote de sentiments mêlés, la désagréable impression de subir une situation dont il était à l'origine mais qu'il n'avait pas eu le courage de provoquer, l'humiliation de voir ses peurs et ses craintes ainsi mises à nu par celle-là même auprès de qui il avait voulu ne rien laisser paraître. Et puis la colère, l'incohérence de la surprise d'Anne-Lise à l'annonce de son départ alors qu'elle disait aujourd'hui qu'elle savait, qu'elle sentait déjà tout, que ce que Yann avait pensé être une faute et qui pesait sur ses épaules avait au contraire constitué pour elle la légèreté qu'elle cherchait et qu'elle n'osait lui revendiquer. Ils auraient pu continuer comme cela longtemps s'il n'était pas parti. Yann aurait pu lui balancer que son départ avait été l'élément déclencheur, qu'il n'était pas si passif qu'elle voulait le présenter, qu'elle aussi avait laissé la situation pourrir et aurait pu y mettre un terme avant.

Sa réponse contenait un peu de tout cela mais elle ne laissa en lui qu'une impression de désordre. Ils raccrochèrent et ne se parlèrent plus.

Il releva la tête, la nuque raide et les cervicales coincées, et tout autour de lui devint différent. Chaque objet, chaque son, chaque couleur, les vibrations du bois, le silence qui l'entourait, les pulsations de son cœur qui résonnaient dans ses tempes, le souffle chaud qui sortait de ses narines, les particules de poussière en suspension et les reflets du ciel sur les vitres, chaque impression du monde qui lui parvenait par-delà le comptoir de la réception avait changé.

Il demeura le reste de l'après-midi les mains moites et la mâchoire serrée, ressassant de longues minutes la conversation avec Anne-Lise jusqu'à macérer dedans.

Pendant ces heures, il ne vint personne. Dehors, le temps était clair. Depuis le comptoir Yann ne voyait pas le sommet des montagnes. Quelques habitants du village passèrent à proximité de l'hôtel. Certains inclinèrent la tête pour voir qui était à l'accueil, sans se rapprocher. Le réfrigérateur où étaient alignées des boissons ronronnait dans son coin. Quand Yann posait les mains sur le comptoir, de la poussière s'accrochait à ses doigts. Son fauteuil grinçait lorsqu'il s'appuyait sur le dossier ou qu'il pivotait sur son axe. Le téléphone sonna une fois, une voix lointaine, des phrases dénuées de sens, et Yann dit de rappeler le lendemain. Il feuilleta quelques livrets de réservation de l'année passée, noircis de dates, de ratures et de notes incompréhensibles comme écrites dans une langue étrangère. Et tout au long de l'après-midi, il se formula encore et encore les réponses tranchantes et catégoriques qu'il aurait aimé faire à Anne-Lise.

Un temps, il vérifia toutes les cinq minutes s'il n'avait pas reçu de message, comme s'ils n'en avaient pas terminé, Anne-Lise et lui, que cette conversation allait d'une manière ou d'une autre se poursuivre, sous une autre forme, sur un autre ton. Il pensa écrire à certains de ses amis pour leur expliquer la situation, savoir si Anne-Lise leur avait parlé, leur déverser tout ce qu'il n'était pas parvenu à lui dire à elle et qui peut-être, à leurs oreilles, deviendrait tout à coup cohérent et compréhensible. Il aurait voulu partir, se lever de cette chaise en skaï usé et flétri par toutes ces paires de fesses posées dessus avant les siennes. Il sentait que l'armature métallique aurait bientôt raison de l'assise, il voulut prendre une des chaises du restaurant mais elles étaient toutes trop basses. Alors il ne bougea pas. Il n'appela ni ne contacta personne.

Son regard dans le vague finit par se poser sur un grand plan punaisé au mur, derrière lui. Il représentait la station et les alentours en vue plongeante. Tout était couvert de blanc, des lignes droites et des sillons de différentes couleurs enserraient la montagne. Il se leva de sa chaise et s'approcha. Par endroits, des symboles indiquaient la présence d'un relief, d'un danger, d'un point de vue, et des zones entières de la carte étaient mouchetées de petites taches verdâtres qui devaient représenter les forêts. Le plan était plastifié et les coins s'effritaient. Dessus, tracés au feutre, des itinéraires débutaient à la station et montaient en télésiège jusqu'aux sommets. Ils descendaient en un enchaînement de pistes qui traversaient les bois, longeaient de vieilles bâtisses en pierre qui servent de refuge aux bêtes en pâturage, se glissaient sous une autre remontée mécanique, hésitaient à s'engager sur une piste plus abrupte, contournaient finalement un lac gelé en hiver pour revenir au bas de la station, en serpentant et en rejoignant d'autres pistes jusqu'au point de départ, prêts à remonter. Le feutre avait séché et ne s'effaçait pas. Il localisa l'hôtel de Hans, seul bâtiment qu'on reconnaissait au premier regard et pour lequel l'auteur semblait avoir eu le souci du détail. Il reconnut la route par laquelle il était arrivé, les ruelles et l'agencement du village. Et parmi les cimes, au-delà des crêtes s'élevant de part et d'autre de la vallée, un sommet qu'il n'avait pas remarqué depuis le front de neige était représenté, une aiguille noire qui jaillissait et semblait dominer le reste de la chaîne, si grande et si imposante qu'elle était représentée sur ce plan et qu'une flèche la désignait par son nom.

Alors la porte de la réception s'ouvrit. Joachim entra, l'œil vif, les bras chargés de provisions, laissant derrière lui des sacs en toile de jute remplis de pommes de terre, d'oignons et de fromages ainsi que des caisses de vin.

— Hans n'est pas rentré ? demanda-t-il essoufflé.

— Non, je suis resté seul tout l'après-midi. Personne n'est venu, répondit Yann debout derrière le comptoir.

— Tiens, est-ce que tu peux m'aider ? La voiture est

pleine et il faut qu'on emmène tout ça dans la cuisine, dit Joachim en lui tendant un des sacs qu'il transportait.

Yann fut surpris du poids de la marchandise qui étira ses muscles engourdis quand il souleva le premier sac. Il vacilla, ne trouva son équilibre et la bonne manière de transporter les provisions qu'au bout de plusieurs mètres. Il se concentra, un pas après l'autre, pour ne pas chanceler. Il en porta moins que Joachim, même s'il s'efforça de paraître à la hauteur. La cuisine était à l'autre bout de la réception et il fallait traverser un long couloir.

— Tu sais où Hans est parti ? interrogea finalement Yann, alors qu'il croisait Joachim.

— Je crois qu'il est descendu dans la vallée pour régler des affaires avec des fournisseurs. Ils lui ont déjà envoyé des factures alors que rien n'a commencé.

Ils firent plusieurs allers-retours. Ils transportèrent à chaque fois autant qu'ils le pouvaient. L'ensemble des provisions venaient d'un village en contrebas où un maraîcher réservait une part importante de ses récoltes aux restaurants de la station. Tout le monde se fournissait chez lui. Ils vidèrent la voiture et s'affalèrent autour d'une table du restaurant. Yann enleva son pull.

— Ça fait longtemps que tu viens ici ?

— C'est la cinquième année, répondit Joachim qui avait récupéré du fromage sur la route et en découpait un morceau.

Il tendit le couteau à Yann.

— Tu en veux ?

— C'est quoi ? lui demanda Yann en le saisissant.

— C'est de la tomme de chèvre. Le goût est moins fort que l'odeur. Le nom exact du producteur, je ne sais pas.

Yann s'en coupa une tranche qu'il tint entre les doigts. Joachim l'observait comme s'il craignait qu'il ne s'entaille.

— Et comment tu as connu ici ?

Joachim mâchait déjà une grande bouchée de fromage avec du pain. Il déglutit.

— Au départ je suis venu un peu comme toi, par hasard, j'avais commencé à travailler après des études d'informatique, mais franchement, ça ne me plaisait pas du tout. J'ai arrêté au bout de six mois. Pile à ce moment-là, une copine qui faisait les saisons depuis plusieurs années m'a embarqué avec elle. Elle vendait des forfaits de ski et elle m'a trouvé facilement une place à la plonge d'un des restaurants en face des pistes. Je n'avais jamais fait ça et quand je le lui ai dit, elle m'a juste répondu : « Le seul truc qui compte ici, c'est que tu ne sois pas trop pinailleur. »

— Tu n'as pas commencé directement avec Hans ?

— Non, c'est en cours de saison, quand le gérant du restaurant nous a demandé si l'un d'entre nous ne voulait pas plutôt travailler dans un hôtel qui manquait de personnel. Je ne sais pas pourquoi, j'avais deviné que c'était ici alors qu'il ne l'avait pas précisé. Je le trouvais assez fascinant cet hôtel, on ne sait pas vraiment s'il est vieux, s'il est récent, il est un peu biscornu. Je l'avais déjà remarqué même si je n'avais jamais rencontré Hans. J'en avais marre de la vaisselle et je me suis dit que ce serait plus varié. Alors je me suis proposé et le lendemain je me suis retrouvé comme toi cet après-midi, derrière le comptoir, à répondre au téléphone qui n'arrêtait pas de sonner et à m'embrouiller dans les réservations, à demander où est-ce qu'il fallait ranger la bouffe, les draps et tout. On était à peu près à cette période d'ailleurs. Depuis, je suis revenu tous les ans.

Joachim s'arrêta un instant, l'air pensif.

— Je termine chaque saison en étant rincé mais je reviens quand même l'année suivante. Dans ma tête les dernières années commencent d'ailleurs à s'emmêler et je ne suis plus tout à fait certain de l'ordre dans lequel je vis les choses ici. Tu veux une bière ?

Yann acquiesça et porta un morceau de fromage à sa bouche.

— Hans m'a dit que tu étais en médecine. C'est excellent ça, médecine. Qu'est-ce que tu fous là ? Qu'est-ce qui t'a pris de venir ici ? lui demanda Joachim en décapsulant deux bouteilles avec le couteau à fromage.

— Il t'a dit ça ? Oui, ça n'a pas grand-chose à voir. Je voulais faire une pause, c'est tout. Je reprendrai l'année prochaine.

— Ouais, t'es un peu paumé quoi. Tu étudies quoi en médecine ? Je veux dire, t'as une spécialité ou quelque chose ?

— Je suis en quatrième année. J'ai encore du temps avant l'internat. Là, on fait pas mal de stages. Alors, pour le moment je ne sais pas trop.

Joachim hocha plusieurs fois la tête, en silence et en haussant les sourcils.

— Et ta copine elle bosse toujours ici ? lui demanda Yann la bouche pleine.

— Ce n'était pas ma copine, dit Joachim en souriant, c'est juste une de mes très bonnes amies.

Il saisit le couteau et se coupa un autre morceau de fromage. Il s'éclaircit la voix après une gorgée de bière.

— Je te présenterai aux autres, tu verras la plupart sont très sympas. Ce n'est pas l'ambiance clinquante des grandes stations, c'est un peu l'arrière-pays des vacances d'hiver, si tu vois ce que je veux dire. Pour venir, il ne faut pas rater le vieux panneau rouillé sur le bord de la nationale. À mon avis, il y a de plus en plus de gens qui doivent penser que ça ne mène nulle part. Je suis sûr que c'est pour ça que Hans et d'autres peinent à trouver du monde à chaque nouvelle saison. D'ailleurs, je vais lui dire de ne pas trop compter sur moi l'année prochaine. J'ai envie d'aller plus au nord, là où les stations sont plus hautes et la glisse plus longue. Tu connais ? Là-bas les nuits sont dingues et y a tellement de monde qu'on a l'impression de se baigner dans la foule.

Il termina sa phrase en faisant onduler ses épaules. Il reprit en souriant :

— Mais ne t'inquiète pas, on sait être électriques ici aussi.

La présence de Joachim et leur discussion n'effaçaient en rien l'échange que Yann avait eu avec Anne-Lise, mais il fut surpris de ne pas se sentir aussi anéanti, aussi abattu qu'il l'aurait imaginé. Le fromage était tendre, il laissait sur la langue un goût savoureux de noix et de foin. Joachim accompagnait ses paroles de grands gestes, il traduisait dans l'air ce qu'il disait avec ses mots. Il avait une voix claire et enjouée et regardait Yann avec des yeux pétillants lorsqu'il lui parlait. Il s'égarait parfois sur le reste de son visage, sur des détails, les plis de ses lèvres, une main passée dans les cheveux. Ce n'était pas un regard appuyé qui scrutait ou dévisageait, c'était le regard de la découverte, de la prise de conscience des traits de la personne qu'on rencontre et qu'on prend le temps d'inscrire dans sa mémoire.

L'approche de Yann était différente. Il appréhendait chaque nouvelle rencontre en percevant d'abord une impression imparfaite et inachevée, un caractère et un état d'esprit dessinés à gros traits. De Joachim, il se dégageait une chaleur souterraine, contenue mais qui affleurait par endroits, comme s'il était prêt, à chaque instant, à se lever et s'emballer. Il avait une allure droite et élancée, il changeait de posture et paraissait ne jamais trouver de position confortable, sans cesse sur le point de passer à autre chose.

Ce soir-là, après le dîner, Yann emporta un plan des pistes dans sa chambre et le contempla avec l'impression qu'il y découvrirait quelque chose qu'il n'avait pas encore vu, un relief, une piste, un sentier, essayant d'évaluer les distances et se demandant de plus en plus ce qu'il pouvait bien y avoir au-delà du domaine, quand on pénétrait dans les bois.

Yann se glissa dans son lit et dormit la fenêtre grande ouverte, laissant l'air frais et les bruits de la nuit le rejoindre. Les branches de sapin s'agrippaient à la gouttière dans laquelle un mince filet d'eau continuait de couler après la pluie du soir. Des ombres dansaient sur les murs et son matelas lui parut plus grand, comme si quelqu'un l'avait changé au cours de la journée. La forêt respirait à quelques mètres de lui, les troncs fléchissaient à peine sous le souffle du vent et leur écorce gercée produisait de légers craquements qui l'accompagnèrent vers le sommeil.

6

Yann se levait tôt mais restait allongé de longues minutes, à contempler les poutres du plafond, se remémorant presque chaque matin, avant de sortir de la chambre, la conversation avec Anne-Lise et ne sachant toujours pas très bien ce qu'il était venu chercher. Sa colère, le doute et les remises en question s'étaient dissipés et il fut même étonné de comprendre que c'était elle qui, sans complètement le maîtriser, avait fait naître en lui l'éventualité d'un départ.

Après plusieurs jours, il avait l'impression que l'existence à la station trouvait son rythme et que, malgré l'absence de neige, l'activité démarrait peu à peu, comme une vieille mécanique fatiguée et pleine de poussière dont on chauffe le moteur en prévision d'un grand voyage. C'était un éveil lent, une vie encore léthargique où dominaient les activités de montagne possibles en l'absence de neige. Des randonneurs stationnaient sur les nombreuses places des parkings encore clairsemés et s'échappaient pour la journée dans les monts alentour. Des sentiers en terre traversaient les pistes herbeuses et traçaient des sillons généralement invisibles six mois par an. Ils s'enfonçaient dans la forêt, grimpaient jusqu'aux crêtes d'où l'on pouvait contempler les plus hauts sommets du continent. Çà et là, des langues de neige affleuraient mais elles étaient chaque matin plus fines que la veille. Tous les jours, bien que de nombreux gérants aient préféré attendre que la montagne soit tapissée de blanc pour embaucher leurs travailleurs, de nouveaux saisonniers arrivaient en station. Leurs apparitions étaient éparses et imprévues, c'était tantôt le serveur d'un restaurant ayant décidé d'ouvrir, un renfort pour l'épicerie en prévision d'importantes livraisons, un agent d'entretien pour préparer les chambres réservées précipitamment pour le week-end. Certains loueurs de matériel relevaient le rideau, dépoussiéraient leur devanture, lavaient leurs vitrines, installaient en rayon les nouvelles collections, affûtaient les skis et alignaient les planches, empilaient les luges. On vérifiait les enneigeurs et toute la machinerie qui transforme l'eau en neige lorsqu'elle ne tombe pas. On forçait le destin. Ce ronronnement et cet affairement à peine justifiés disaient plus du désir d'agitation que de l'activité réelle. Yann ne put s'empêcher de remarquer que ces corps allant et venant, qui traversaient la station et accomplissaient leurs besognes à vive allure, courbaient en fait les épaules et que leurs visages préoccupés, un peu abattus, leurs lèvres plissées et leurs rides du front trahissaient une forme de contrariété.

Souvent, Yann sortait après le déjeuner et, vêtu de son seul pull en laine, parcourait la station jusqu'au pied des pistes. Debout face à la montagne, il buvait par petites gorgées un café trop fort qui lui rappelait certains matins sur le balcon de l'appartement d'Anne-Lise, d'où on pouvait voir la mer dans une échappée entre deux immeubles. Hans disparaissait de longues heures tous les après-midi, sans jamais dire où il se rendait, ni expliquer les raisons de son absence. Il laissait Joachim et Yann étrangement seuls, responsables de l'hôtel.

Quand il n'y avait pas de clients, Joachim proposait à Yann, aux heures de fermeture de la réception, de rejoindre d'autres saisonniers qu'il retrouvait chaque année. Ils jouaient aux cartes dans les grandes salles des restaurants où s'alignaient des tables vides, ils démarraient l'apéritif sur les terrasses désertes avant que le soleil ne se couche et se rappelaient les soirées, les descentes et les chutes de l'année passée, les embrassades éthyliques et les matins difficiles. Ils étaient six ou sept, parfois moins, l'un ou l'autre s'échappant de temps en temps après s'être souvenu d'une tâche quelconque à accomplir, car ils étaient tous bien montés là, aussi, pour travailler.

Il régnait entre eux une atmosphère légère, une douce impatience en attendant la saison. L'effervescence à venir incitait à se délecter d'autant plus de ces heures creuses et suspendues.

On avait installé une petite patinoire au bas des pistes et les familles, les promeneurs et les gens de la station se répartissaient inlassablement autour et observaient, l'air amusé, les enfants dessiner lentement de grands cercles désordonnés en se tenant la main ou en s'accrochant aux rambardes en bois. La fraîcheur artificielle qui se dégageait de la glace caressait le visage des spectateurs et semblait les attirer davantage que le spectacle des glissades et des bascules.

D'autres journées s'écoulaient devant Yann, assis derrière le comptoir, à attendre sans espérer que le téléphone sonne ni qu'une voiture débordant de bagages se gare devant l'hôtel. Venaient ensuite Joachim et le temps des bières prises dans le fond du réfrigérateur, où on commençait à voir qu'il en manquait mais où on les prenait quand même. Joachim était meilleur juge car c'est lui qui s'occupait du réassort. Ils n'avaient pas encore remplacé les fûts au bar, ce qui aurait été pourtant plus simple.

L'écoulement des après-midi n'était pas désagréable, les autres saisonniers souvent enthousiastes et pleins d'entrain, et Yann reconnaissait les liens qui se créent dans un collectif après avoir vécu les mêmes galères, partagé les mêmes injustices ou vécu les mêmes euphories. Ils riaient, se remémoraient sans cesse le passé et Yann comprenait par sous-entendus ou par des remarques que se nouaient et se dénouaient, au fil des nuits et des années, des relations intimes, éphémères, douces, inégales, chaotiques et finalement durables. Quelques-uns s'inquiétaient quand même de l'absence de neige et ce temps incertain était aussi apprécié que la douceur d'une fin de journée qu'on annonçait pluvieuse.

Mêlé à ces compagnons et prenant goût à ces heures languissantes, Yann semblait retrouver l'énergie et la ressource pour que rien ne paraisse de ses états d'âme. En réponse aux questions, il dévoilait peu à peu les détails de ses études, ressortant les mêmes anecdotes des nuits passées dans les services de l'hôpital ou aux urgences, des gens qui avaient essayé de s'enfiler des billes de billard ou ingurgité des boîtes de doliprane parce qu'ils avaient mal au bide, des trucs plus sérieux, pas mal d'histoires de cul, des histoires qu'il avait déjà racontées cent fois mais qui, face à ce nouvel auditoire, retrouvaient tout leur effet. Il se trouva un ami commun avec Charlotte, une jeune femme de son âge aux cheveux courts et bouclés, qui venait pour la troisième fois et avait habité le même quartier que lui pendant des années sans qu'ils se soient croisés.

Il y avait aussi Grégoire, un saisonnier qui atteignait ses quarante ans et sillonnait les stations depuis qu'il était en âge de travailler. Une fin d'après-midi, il lui avait balancé : « Ben dis donc, tu n'arrêtes pas de faire la gueule, toi. » Yann n'avait pas su quoi lui répondre et s'était senti vaciller même si personne n'avait relevé. Il s'était contenté de poursuivre sa conversation avec Charlotte, sans pouvoir y mettre autant d'entrain. Joachim lui dirait plus tard que Grégoire était aigri, qu'il se plaignait tout le temps de ses boulots éreintants et mal payés mais qu'il revenait toujours, parce qu'il ne pouvait pas vivre seul. Il se bourrait de potes, de relations et de teufs et il voyait tout nouvel arrivant comme un concurrent potentiel, un obstacle dans sa quête de capter l'attention. Joachim fit part dans le même temps à Yann de son plaisir de le voir s'intégrer au groupe.

Être hébergé par son employeur était d'autant plus

confortable que ce n'était pas le cas de tous les saisonniers. Les discussions avec Joachim et Charlotte lui apprirent qu'une partie d'entre eux se partageaient des studios ou dormaient sur des lits superposés, dépensant une part de leur salaire en hébergement et pour leur vie quotidienne. Hans payait moins mais il ouvrait les portes de ses chambres et de ses frigos à ses travailleurs. Mais quand la saison atteindrait son point culminant, ils seraient peut-être amenés à coucher dans la même pièce.

Yann aimait la présence des autres et appréciait les invitations de Joachim qui lui rappelaient, dans certaines de ses attitudes, son humour et son avidité pour la nuit, la fête et la glisse, un de ses amis qu'il avait à peine prévenu de son départ. Il avait reçu des messages de plusieurs personnes, contrariées ou moralisatrices, qui toutes estimaient qu'il aurait au moins pu annoncer, voire fêter sa décision avant de partir.

Depuis plusieurs jours, Yann voyait dans ces longs après-midi autant d'occasions de s'échapper et s'extraire du monde. Un jour, plutôt que de suivre Joachim, il laça les chaussures de randonnée de son père et emprunta l'un des chemins qui partaient de la station et s'enfonçaient dans la forêt. La montagne avait été déboisée mais il restait des zones denses que les pistes encerclaient.

Caché par les arbres, il s'écarta vite du sentier principal pour en suivre un autre, tracé par ses intuitions, qui ne portait aucune empreinte au sol ni aucun marquage sur les troncs. Yann contournait les buissons et les branches épaisses des sapins qui lui barraient parfois la route et se refermaient après son passage. Il avançait et écoutait le craquement étouffé de la mousse sous ses chaussures, les crépitements des morceaux d'écorce qui recouvraient la terre, des bruits d'animaux qui peuplaient la montagne, peut-être des chamois ou des marmottes qui s'enfuyaient à son arrivée, la chute presque imperceptible d'une branche sur le lit de feuilles mortes. Petit à petit, c'est toute la forêt qui lui apparaissait vivante. Au pied de certains arbres, autour de certaines souches, des traces de neige subsistaient. Les rais de lumière ne traversaient pas la voûte des branches mais l'éclat de l'après-midi étincelait depuis l'orée du bois et se projetait très loin jusqu'au plus profond de la forêt.

Même s'il s'y enfonçait, Yann gardait toujours à l'esprit l'itinéraire qui le ramènerait au sentier puis à son point de départ. Ce fil d'Ariane invisible et les repères qu'il consignait presque malgré lui dans sa mémoire le retenaient, l'empêchaient de s'immerger tout entier et de ressentir pleinement ce qui l'entourait.

Il voulut se perdre. Il commença à tourner à gauche, à droite, déjouant au dernier instant ce qu'il avait prévu et dérivant de son intention initiale pour suivre le bruissement des arbres, les murmures de la faune et les battements d'ailes des oiseaux. Pour se perdre plus encore, il pressa le pas et se mit à courir, anticipant à la dernière seconde la foulée suivante, comme s'il devait semer un poursuivant. Même si le tapis d'aiguilles et l'amoncellement de feuilles mortes rendaient par endroits le sol illisible, Yann savait par instinct sur quelle souche prendre appui, que l'espace entre deux racines était suffisant pour accueillir son pied, que la mousse sur le tronc d'arbre était sèche et ne le ferait pas glisser. Une allégresse intense se formait en lui. Il ne perdait pas l'équilibre et à chaque mètre supplémentaire sans chute, il se sentait plus léger.

Devant lui la forêt s'éclaircissait et il devina bientôt la lisière du bois. Il s'arrêta pour reprendre son souffle et s'assit à même le sol, appuyé contre un vieil arbre couché par la tempête dont les racines à l'air et pleines de terre s'effritaient et se cassaient entre les doigts. Intrigué par les feuilles et les pierres et la couleur sombre de la terre, il creusa un petit trou avec ses mains, fourrageant l'humus pour en sentir la composition. Le sol était meuble, sec en surface et plus humide sous les premières couches. Il s'en dégageait une odeur dense de terre humide. Un ruisseau coulait non loin de là. Sans le voir, Yann en percevait la fraîcheur, le filet d'eau produisait un son qui imbibait tout autour de lui. Yann eut l'impression qu'il glissait le long de sa nuque. Il frissonna. Il avait dans sa poche un plan des pistes, le même que celui punaisé au mur de la réception. Il le sortit et constata que la forêt dans laquelle il avait pénétré était bien encerclée par une longue piste bleue qui décrivait un coude à l'extrémité du domaine skiable et revenait mourir à la station.

Plutôt que de s'en extraire tout de suite, il décida de reprendre son chemin et de grimper en suivant la direction de la pente. Il ralentit le rythme et avança en décrivant de grandes et lentes enjambées. L'ascension le réchauffa et il croisa le ruisseau à plusieurs reprises. Guidé par le filet d'eau, ses sensations se réduisirent à son souffle, au tiraillement de ses cuisses, à l'adhérence de ses chaussures, à sa transpiration et au contact de ses paumes sur l'écorce des troncs d'arbre auxquels il s'appuyait parfois pour relever la tête. La lumière changeait et devenait plus chaude, les rayons trouvaient leur chemin entre les branches des sapins moins hauts que ceux qui trônaient au cœur de la forêt.

Il sortit du bois.

Une immense étendue d'herbes hautes s'offrit alors à son regard, une étendue vallonnée, sans arbres, lardée par la roche et les crevasses. Elle montait en pente douce vers les cimes de la montagne, dans une inclinaison légère qui rendait tout à coup les sommets accessibles. Yann voyait loin, il distinguait des constructions en pierre, des refuges, des ruines d'anciennes bergeries. Mais la montagne était aussi déchirée, des craquelures, des fentes et des plis, des énormes rochers sur le point de dévaler. Le relief s'animait et composait un tableau qui se révélait au fur et à mesure plus rude et plus risqué qu'au premier regard. Le soleil déclinant jetait une lumière rasante sur les alpages et le ciel n'avait jamais paru aussi immense, aussi proche à Yann. Il grimpa encore, animé par le désir de l'altitude, l'envie de contempler la station et la vallée d'un point plus haut, et parce que, non loin de là, de grandes étendues de neige demeuraient encore.

Mais la nuit avançait plus vite. Après avoir parcouru plusieurs centaines de mètres à bonne allure, il se résigna et décida de rebrousser chemin avant d'avoir pu les atteindre. Il retrouva un sentier de randonnée qui menait à la station et qui s'élargissait à mesure qu'il descendait. La terre était sèche, les roches polies par les marcheurs. Il mit presque une heure à rentrer. La nuit s'annonçait claire et il se laissa guider à la fin par les lampadaires et les lumières des appartements qui s'étaient allumés.

Hans était assis sur le muret en pierre qui entourait la terrasse de l'hôtel. Il se tenait droit, sa veste à la doublure épaisse était pliée à ses côtés et la lumière de son écran d'ordinateur éclairait son visage. Sans lever les yeux, il fit un signe de la main à Yann pour l'inviter à se rapprocher tout en lui mimant de ne pas faire trop de bruit.

— Je me mets là pour me connecter au réseau des voisins. Le nôtre ne fonctionne plus, quelque chose a dû sauter cet après-midi.

— Pourquoi tu ne vas pas directement chez eux ?

Hans eut un sourire moqueur.

— On ne s'entend pas du tout. Vraiment pas. J'ai récupéré leurs codes grâce à un de leurs clients de l'année dernière avec qui, à l'inverse, je m'entends plutôt bien. Je trouve ça plus drôle d'en profiter sans qu'ils le sachent.

Il pointa son index sur une forme multicolore qui se déplaçait sur son écran.

— Regarde. Tu vois ça ? C'est une bonne nouvelle.

L'écran était sombre. Hans montrait de fins filets gris qui se déplaçaient, serrés les uns contre les autres, tous dans la même direction, sur un fond noir où l'on pouvait lire d'autres courbes, des lignes en pointillé. Un cycle de quelques secondes se répétait et une forme grossissait au fur et à mesure, prenant des couleurs de plus en plus foncées, un bleu azur qui devenait mauve.

— Ces nuages sont gorgés d'eau et ils s'alourdissent d'heure en heure. Demain ils couvriront toute la région, reprit Hans.

— Il va neiger ?

— J'espère. Je ne sais pas. Pour le moment, c'est juste de la pluie.

— Ah. Et y a une chance pour que ça se transforme en neige ?

Hans déplaça la carte.

— Par exemple, là, il va neiger c'est sûr. C'est plus haut, plus au nord, moins exposé. Et quand il neige là, c'est que c'est à nos portes et que nous sommes les prochains.

Yann resta silencieux.

— Il suffit qu'il fasse un peu plus froid.

— C'est loin d'ici ?

— C'est la vallée juste derrière les crêtes, répondit Hans en tendant le bras derrière lui sans quitter l'écran des yeux, parcourant le clavier avec son autre main. Ah, voilà.

Il tourna l'ordinateur vers Yann. C'était une photo d'une journée ensoleillée, prise sur cette même terrasse, où le muret et les tables étaient recouverts par la neige qui s'étendait partout et venait lécher les fenêtres et les portes de l'hôtel. Un petit groupe prenait la pose, tous cachés derrière leurs lunettes et leurs masques de ski. Yann reconnut plusieurs personnes, dont Joachim.

La photo dégageait une vague de douceur mêlée d'excitation. Les visages rayonnaient et même la perspective de devoir déneiger semblait enthousiasmante.

— C'est fou, dit Yann en désignant la photo. J'ai du

mal à l'imaginer, mais en fait, c'est comme ça tous les ans ici ? Sur la côte, il ne neige presque jamais.

— Oui. Là, il était tombé plus d'un mètre en une nuit. Ça fait beaucoup, même pour les anciens. C'est plutôt rare autant de neige en si peu de temps.

— C'était quand ?

— Il y a deux ou trois ans je dirais. C'était la première nuit des vacances. Timing parfait. Les pistes passent juste derrière, quand c'est comme ça on peut entrer dans les chalets avec les skis.

Hans fit défiler d'autres images, de la station, de la montagne, des pistes. Une autre photo prise depuis un sommet, probablement à la sortie d'un télésiège.

— Je ne t'ai pas demandé si tu skiais.

— Non, je n'en ai jamais fait. Des copains de la fac y vont tous les ans, ils m'ont proposé plusieurs fois. Souvent ça tombait mal j'avais autre chose de prévu. Je fais de la voile et ça nous arrivait de reprendre les entraînements dès le mois de février ou mars.

Yann marqua une pause, puis il reprit :

— Je crois que l'idée de passer des heures en bas à les attendre et à me casser la gueule a aussi joué. Mais depuis que je suis ici, bizarrement ça me fait plus envie.

— Si ça t'intéresse, certaines journées ce sera possible de finir plus tôt ou de commencer plus tard. J'ai des skis dans la remise, il doit bien y avoir une paire pour toi.

Hans referma son ordinateur. Il se tut un instant puis interrogea Yann.

— Comment trouves-tu les chemins de randonnée et la montagne ? C'est beau, n'est-ce pas ?

— Comment tu sais que j'y suis allé ? dit Yann.

— Je t'ai vu redescendre de loin.

Yann s'apprêtait à répondre quand Joachim et deux autres saisonniers les rejoignirent en transformant d'un coup l'atmosphère. Ils sortirent les tables en bois qu'ils installèrent dehors : il ne faisait pas si froid et le vent était tombé. Ils étalèrent de quoi manger et boire, et Hans, visiblement réjoui par cette soirée improvisée, proposa d'ouvrir quelques bouteilles d'un vin de la région, à la carte depuis plusieurs années mais qui ne se vendaient pas. Ils allumèrent un feu dans un vieux tonneau métallique, en y jetant régulièrement des bûches, plus pour l'ambiance que pour la chaleur.

Charlotte et deux autres jeunes femmes les rejoignirent et ils se serrèrent autour de la table. Les regards malicieux, les mains qui se frôlent en se tendant des bières, les rires qui éclatent et les railleries qui fusent, tout semblait ce soir-là un peu plus facile à Yann. Et puis ils se mirent à chanter. Charlotte chantait bien et quand elle fredonna un air que Yann connaissait, en disant que ça lui rappelait un des meilleurs concerts auxquels elle avait assisté, il comprit qu'ils avaient en réalité déjà passé une soirée ensemble. C'était il y a deux ans, une nuit d'hiver, Charlotte était de passage. Ils s'étaient retrouvés à s'égosiller et à danser dans la fosse, chacun arrivant avec un groupe d'amis différent avant que la jonction ne se fasse, peut-être trop tard et trop alcoolisés pour qu'ils se souviennent précisément les uns des autres. Ils avaient partagé la même euphorie, le même plaisir. Passer cette soirée ensemble, même s'ils n'avaient pas beaucoup parlé, leur avait fait gagner toutes ces heures et ces moments où l'on se côtoie avant de se sentir en confiance. Alors ils discutèrent sur leur coin de table le reste de la soirée, se rappelant ce concert, comment ils avaient terminé dans un bar où le patron les avait laissés danser après avoir baissé le rideau, leur cuite au rhum bas de gamme et le mec qui avait pété plusieurs chaises en se couchant dessus, à quel point c'était fou qu'ils ne se soient jamais revus avant de se retrouver ici, dans cette station.

À la fin, des croûtes de fromage, des assiettes sales où on avait laissé de l'omelette parce qu'on avait battu les œufs sans faire attention aux coquilles, des verres et des bouteilles qui passaient de main en main depuis longtemps, tout cela jonchait la table. Le cendrier s'était rempli et débordait de mégots, de filtres jaunis et de petits morceaux de cartons. On s'accorda pour laisser tout ça à plus tard et on s'enlaça avant de se quitter.

7

Le matin, Yann se réveillait soucieux mais il lui semblait de plus en plus que c'était dû à l'absence de neige. Un plafond de nuages, lourd et grisâtre, était progressivement descendu du ciel et pesait de tout son poids sur les esprits échauffés et si prompts à l'enthousiasme des saisonniers et des skieurs, de tous ceux dont l'activité de l'année dépend de ces quelques semaines d'hiver. Un vent caverneux naissait dans le fond de la vallée et accourait au travers des nuages sans les lever, dans un bruit rauque et continu qui faisait craquer les charpentes.

Les tensions et crispations que Yann avait remarquées à son arrivée se lisaient maintenant sur tous les visages. Le murmure se propageait que cela faisait dix ans qu'il n'y avait pas eu un début d'hiver aussi mauvais, qu'à cette période, l'année passée, il était tombé tellement de neige que la route avait été bloquée à plusieurs reprises. On racontait que, dans les grandes stations, des camions apportaient de la neige et la tapissaient sur les pistes pour préparer l'arrivée des vacanciers. De la neige de l'hiver précédent, gardée précieusement sous des amas de sciure, sous des bâches, qu'on modelait, couvait et cultivait en s'inspirant de méthodes anciennes. Pour certains, un mois de décembre comme celui-ci, c'était un mauvais présage, pour d'autres c'étaient les courants aériens et les variations de pression atmosphérique, les tendances à long terme et les moyennes saisonnières qu'il fallait considérer. Les bulletins étaient optimistes, le pays était traversé par une masse d'air tempéré mais qui n'allait pas s'installer et serait bientôt chassée par le froid venu du nord.

Les traces de neige qui s'accrochaient aux flancs de la montagne avaient disparu, emportées par la pluie qui s'abattait sur la station tous les soirs au coucher du soleil et lessivait les reliefs. Chaque matin, les alpages étaient plus verts que la veille. L'humidité constante et l'odeur de la terre mouillée emplissaient la station. Yann s'évertua à plusieurs reprises et en vain à gravir la montagne jusqu'à la neige, sans faire de détours et sans se perdre dans les bois, en grimpant par les sentiers les plus courts et les plus escarpés qui, boueux et ravinés, se transformaient sans cesse. Les nuits s'adoucissaient et, à chacune de ses tentatives, il lui fallait monter plus haut, d'abord au-delà des deux mille mètres puis jusqu'aux crêtes. Il déterminait son objectif à partir de ses observations au bas des pentes et pourtant, quand il y parvenait, il ne trouvait rien. La neige était comme un mirage. Il inspecta même les recoins et les crevasses, abrités des vents et des rayons du soleil.

En contrebas, la montagne plongeait de façon abrupte et la rivière qui coulait dans le fond menaçait de gonfler. On avait ouvert les vannes d'un barrage qui alimentait la vallée en électricité. Certains disaient que c'était le même débit que lors des crues du printemps, au moment de la fonte des neiges. L'eau était brune et le torrent charriait des roches sombres qui abîmaient les rives : on avait installé aux endroits les plus fréquentés des berges des panneaux avertissant du danger.

Quelques vacanciers étaient arrivés à la station. Parmi eux, un couple de randonneurs, un groupe de femmes d'une quarantaine d'années, une famille de trois petites filles survoltées et des parents éteints et taciturnes. Ils logeaient à l'hôtel. Le matin, le ronronnement de leurs conversations emplissait la salle du restaurant, il y avait aussi le tintement des couverts, les pieds de chaise qui frottaient sur les dalles de carrelage, une tasse brisée sur le sol et le chocolat chaud répandu qu'il fallait s'empresser d'éponger. En leur apportant leurs petits déjeuners, Yann, voulant reproduire ce qu'il s'imaginait être l'attitude du bon serveur, leur glissait quelques mots chaleureux, il les questionnait sur leur programme du jour, s'ils avaient passé une bonne nuit, riait de ses maladresses de débutant. Quelquefois, la conversation se terminait avec l'espoir qu'il finisse par neiger. Il se sentait réellement désolé pour eux, plein d'empathie, lisant dans les yeux des fillettes l'énervement et l'incompréhension face à des vacances rêvées si différentes.

Le restaurant se réveillait aussi en douceur. Florence, la chef qui œuvrait tous les ans dans les cuisines de l'hôtel, attendit le dernier moment pour monter en station. Elle était seconde dans une brasserie en vue de la capitale mais elle commençait à s'y user. Elle s'était appliquée toute sa vie à faire ses preuves et maîtrisait les recettes sophistiquées, plus longues à prononcer qu'à manger, faites de champignons rares, de viandes fines et d'émulsions, alors que ce qu'elle aimait c'était la bonne bouffe, le plaisir un peu régressif et sincère de recouvrir des crozets de reblochon fondu et de mélanger lentement du vin blanc et des assemblages de fromages dans une vieille casserole en fonte. Elle cuisinait avec un air sérieux, le menton relevé, les cheveux à peine grisonnants attachés. Ses paroles étaient toujours mesurées et ses plats généreux. Son arrivée fut comme un feu de cheminée qu'on rallume dans une vieille bâtisse battue par l'hiver, et le service du midi, même s'il ne se mettait en branle que pour quelques couverts et ne remplissait qu'une partie de la journée, suffit à régler un peu plus l'existence à l'hôtel.

Guidé par Joachim qui, après avoir travaillé plusieurs années avec Hans, connaissait les rouages des lieux, des réservations aux négociations avec les fournisseurs, des cuisines aux tournées de lessive, Yann apprit vite. Lors de ses allers-retours dans l'hôtel, en passant devant les fenêtres, il se mettait lui aussi à guetter le ciel invisible derrière la couche de nuages, comme d'autres avant lui.

Le service du midi ne débordait jamais sur le reste de la journée et les derniers plats nettoyés regagnaient leur place beaucoup plus tôt que ce que Yann avait imaginé. Plusieurs options s'offraient ensuite à lui et elles commencèrent à composer une routine dans laquelle il prit plaisir à s'installer. Il y avait les errances en montagne, les heures léthargiques derrière le comptoir, les moments en creux sur les terrasses avec les autres saisonniers. Parfois, il s'isolait dans sa chambre et il dormait. Il avait faim de sommeil et le dévorait comme l'aurait fait un randonneur après avoir traversé un continent à pied pendant des semaines. Quand il ne trouvait pas le sommeil, il restait allongé sur les draps et contemplait les poutres, écoutait les craquements du plancher, l'agitation de la station, faible, lointaine mais accessible.

Yann songeait de moins en moins à Anne-Lise. La rancune ardente qu'il avait ressentie après leur conversation, le désir et l'impatience de lui répondre s'étaient dissipés. Un matin, il s'étonna de ne pas entendre son réveil. Le chargeur de son téléphone était introuvable et Joachim lui rappela lui avoir emprunté trois jours plus tôt. Yann se promit d'aller le récupérer mais le temps passait et à chaque fois il s'en souvenait au moment de s'endormir. Un soir, il se risqua dans la chambre de Joachim à une heure tardive et le trouva accoudé à sa fenêtre, torse nu, en train de lire un roman aux pages jaunies et à la couverture mangée par les années.

Ils discutèrent longtemps, et Joachim digressa sans s'arrêter, sur ses lectures, sur son grand-père qui lui avait révélé, alors qu'il était très malade, que toute sa vie il avait eu une autre famille et qu'au seuil de la mort il était terrifié à l'idée que ses deux amours se rencontrent à son enterrement sans qu'il puisse proprement les présenter. Joachim interrogea Yann sur ses engagements politiques et militants car il s'inquiétait de vivre sa vie sans prendre part aux luttes. Il culpabilisait, se sentait concerné mais à chaque manif importante ou quand il fallait occuper une fac, faire un sit-in sur une rocade, il se défilait. Yann avait fini par s'asseoir par terre, contre le mur et Joachim, toujours en caleçon, avait mangé des biscuits, roulé un joint. Yann avait refusé puis accepté, trois bouffées, trois bouffées seulement car il ne voulait pas que son esprit s'emballe comme la dernière fois où il avait trop fumé. Il le raconta à Joachim qui fut étonné. À lui, ça ne lui était jamais arrivé.

Les nuages se levèrent. Un jour, alors qu'Agnès était venue déjeuner avec eux, Yann lui demanda si elle pouvait le conduire dans la vallée. Il avait droit à un jour de repos au milieu de ces semaines où il ne se passait pas grand-chose. Il prétexta vouloir acheter un livre et une écharpe – celles vendues dans les boutiques de la station étaient bien trop chères. Il avait la bougeotte, voulait rompre un peu avec son quotidien et désirait profiter de cette journée sans contraintes pour appréhender la montagne d'un autre point de vue.

— Bien sûr, mais je ne remonte pas, il te faudra prendre le bus. Vérifie les horaires, je ne suis pas sûre que Hans vienne te chercher cette fois-ci.

La route descendait en une succession de virages en épingles où des glissières enfoncées n'avaient jamais été remplacées. Elle lui parut beaucoup plus longue qu'à son arrivée. Yann essaya de reconnaître l'endroit où Hans l'avait récupéré mais il ne retrouva rien.

— C'était forcément par ici, il n'y a qu'une seule route qui monte à la station, lui dit Agnès.

Au cours du trajet, elle l'interrogea, lui demanda comment se passaient ses premières semaines. La forêt devenait plus dense à mesure qu'ils perdaient de l'altitude, certaines branches de sapin frôlaient l'habitacle.

— C'est bizarre, dit Yann. Je m'étais préparé à avoir plein de travail, je pensais que je n'aurais pas beaucoup de temps pour moi. En fait c'est l'inverse. Il y a quelques clients qui sont arrivés mais globalement, c'est très calme. Je vois tout le monde ronger son frein, j'ai l'impression que les gens sont énervés.

Agnès enleva son écharpe d'une main puis entrouvrit la fenêtre. Un filet d'air frais s'immisça à l'intérieur. Elle ne réagissait pas et semblait concentrée sur sa conduite. Yann maintint son regard droit devant.

— J'ai parfois l'impression de ne pas en faire assez, de ne pas voir ce qu'il y a à faire. Et puis quand je m'active, je me retrouve à essuyer des tables déjà propres, à vérifier une lampe qui fonctionne, et puis finalement, à attendre, à passer le temps, un peu comme tout le monde. Je suis vite désœuvré. Ça n'a pas l'air d'affoler Hans, il ne dit pas grand-chose.

Les freins crissèrent doucement quand la voiture arriva à une intersection. Ils rejoignaient une départementale plus fréquentée. Agnès releva sa fenêtre. Elle ne le regardait pas. Les portières étaient hermétiques et le vacarme du trafic s'éloigna. Ils demeurèrent silencieux quelques instants. Le défilé de voitures ne leur permettait pas de s'engager.

— Je t'écoute, fit Agnès.

Alors Yann poursuivit.

— Hans est souvent absent. Il ne me demande rien. Il m'a donné quelques indications les premiers jours, m'a demandé de rassurer les touristes au téléphone, de gérer le cahier des réservations, de relancer l'entreprise de nettoyage. Ça me prend quelques minutes, une heure tout au plus. Au départ, je craignais que cette ambiance me pèse, ça m'inquiétait, et puis en fait, je crois que j'aime ça.

— Ah oui ? Comment ça ?

Yann hésita. Il s'étonnait de se livrer ainsi à Agnès sans beaucoup de retenue mais il se sentait à l'aise avec elle. Ils avaient rejoint le flot des voitures. Il était sur le point de lui répondre quand elle conclut simplement :

— Tu dois être un des rares à ne pas vouloir qu'il neige.

Sa phrase le coupa net. Bien sûr qu'il attendait la neige, mais les mots d'Agnès lui firent prendre conscience que ce n'était pas si simple pour lui, tant il s'habituait à ces journées étendues et vides, à ses échappées dans les bois, à tout ce temps qui lui était offert pour s'acclimater à ce nouvel univers.

— Tu sais, je ne suis pas certaine que Hans attende beaucoup la neige non plus, reprit-elle. Dès l'annonce des premières chutes, celles qui restent, pour nous tous c'est comme entrer dans un long tunnel qui dure des mois. Ici, la neige est essentielle pour vivre, c'est elle qui nous amène l'argent, on en dépend tous. Mais elle fait aussi venir la foule, une sorte de frénésie, du vacarme. Hans, ce n'est pas vraiment pour ça qu'il habite ici et qu'il veut garder son hôtel.

Ils entrèrent dans le centre-ville où Yann était arrivé par le train. Il reconnut le rond-point où il avait tenté de faire du stop, les trottoirs défoncés et les pierres sombres. Agnès enchaîna plusieurs virages dans les rues étroites jusqu'à son agence immobilière, sur la place principale. Ce n'était pas un jour de marché mais le centre était animé, des personnes s'alignaient le long des vitrines du traiteur et du fromager, la terrasse du bistro était pleine. Elle se gara près d'un tilleul dont les racines craquelaient le bitume. Une fois à l'arrêt, elle coupa le moteur mais n'ouvrit pas tout de suite la portière. Yann saisit la perche.

— Pourquoi il veut le garder l'hôtel ?

Agnès haussa les sourcils et prit une grande inspiration.

— Il ne t'a pas raconté comment ça s'est passé ?

Yann fit non de la tête.

— Je te fais ma version mais je te préviens, elle est partielle. On n'en reparle pas beaucoup. Je t'ai dit que c'est notre père qui a bâti le domaine ? Eh bien après ses études, il y a vingt-cinq ans je dirais, plutôt que de revenir travailler dans l'entreprise de bâtiment de la famille – qu'il devait reprendre, c'était écrit à l'avance –, Hans a quitté la vallée. Du jour au lendemain, comme ça (elle fit claquer ses doigts) il a pris la route avec la voiture qu'il venait d'acheter et il est descendu jusqu'à la mer. Il n'avait dit à personne pour combien de temps il partait, il n'avait donné aucune indication sur son retour. Au début, on se disait qu'il avait juste besoin de souffler un peu, qu'il reviendrait vite, mais après les premières semaines, on a compris qu'on n'en savait rien, que lui-même n'en savait probablement rien et, petit à petit, plus personne ne l'a attendu. La vie ici est suffisamment dure pour qu'on se soucie tous les jours de quelqu'un qui a décidé de partir. C'était le moment où cela commençait à aller vraiment mal pour l'entreprise de notre père. Je pense d'ailleurs qu'il en a voulu à Hans de partir à ce moment-là, même s'il ne l'a jamais avoué. Je suis certaine qu'il espérait qu'il l'aiderait à remonter la pente, sans mauvais jeu de mot.

Yann esquissa un sourire au coin des lèvres.

— Et il est revenu quand ?

— Pas tout de suite. Il a dû longer la côte et passer un peu de temps dans la plaine du Pô, car il est revenu avec un goût prononcé pour les plats de l'Italie du Nord. Il ne t'a pas encore cuisiné son risotto ? Ensuite, je pense qu'il a traversé les Alpes puisque j'ai reçu une lettre de Munich un après-midi en rentrant du lycée. C'était en automne, je m'en souviens. Il me semble qu'il a ensuite essayé de retrouver le village d'enfance de notre mère, quelque part entre Leipzig et Berlin. Je lui ai posé plusieurs fois la question mais il m'a toujours donné une réponse vague. Puis, il est monté plus au nord, il a travaillé un temps dans des ports, Hambourg, Rotterdam, peut-être Anvers, je ne sais pas. Il ne restait jamais très loin des fleuves. Il était manutentionnaire, chargeait et déchargeait, transbordait des tas de choses. Il bossait bien, il s'est fait des amis, on le recommandait. Ça je l'ai compris quand un de ses camarades dockers est venu ici lui rendre visite et est resté plusieurs semaines à l'hôtel. Lui et d'autres, Hans ne les faisait pas payer. C'est quelque chose qu'il a gardé de ses voyages, cette faculté à se mêler à des inconnus, à leur faire sentir qu'ils peuvent avoir confiance en lui au moment où il pose le regard sur eux. Il ne s'en vante pas, n'en fait pas trop et je crois que c'est ce qui fait que ça marche. Tu n'as pas ressenti ça quand tu l'as rencontré ?

Yann bafouilla une réponse, un peu surpris par la question d'Agnès mais il voyait assez nettement ce qu'elle voulait dire.

— Il est revenu à l'annonce de la mort de papa, après presque dix ans passés loin de la vallée. Je ne sais plus trop comment il a été au courant, ce n'est pas moi qui l'ai prévenu. Un midi, plusieurs jours après l'enterrement, il a débarqué à la maison, comme ça ! Il parlait à peine et la seule chose qu'il m'a demandé c'était si je pouvais le monter jusqu'à la station. On était en plein dans les affaires d'héritage, on avait beaucoup de paperasse à régler, des dettes à éponger, des terrains et des immeubles dont on devait se débarrasser. On devait tout vendre, c'était très dur.

Agnès marqua une pause, sa voix s'était teintée de tristesse, Yann y percevait aussi de la colère.

— Il a insisté et je l'ai emmené. C'était au printemps, on a emprunté la route qu'on vient de prendre, elle était glissante même si la neige avait bien fondu. Cette route, je l'ai faite des milliers de fois mais il y a quelques trajets dont je me souviendrai toute ma vie. Je me suis garée face aux pistes, je lui ai donné quinze minutes. Il est resté beaucoup plus longtemps à contempler les alentours. Il ne disait rien, il arpentait les lieux, il a grimpé un peu. J'étais énervée, je ne comprenais pas pourquoi il tenait tant à venir ici, à ce moment précis où il y avait tant à faire. Puis je l'ai observé, et j'ai fini par voir au travers de ma colère. Je percevais son frisson, l'évidence qui naissait en lui. Finalement il est revenu et je n'ai pas été si surprise lorsqu'il m'a annoncé le soir que jamais il n'aurait imaginé que la montagne était aussi belle, que j'allais peut-être le trouver naïf mais qu'il avait l'impression profonde qu'il allait rester là toute sa vie.

Agnès avait gardé la main sur la poignée tout au long de son récit. Après un court instant, elle reprit :

— Je voulais tout vendre mais lui, il a voulu garder ce vieil hôtel. Il pariait qu'en le retapant, il réussirait à bâtir un lieu agréable, où les gens auraient plaisir à venir, à y loger. J'ai essayé de l'en dissuader, puis j'ai renoncé. Je l'ai même aidé à avoir son prêt. Moi avec mes agences, lui avec son hôtel, même si ce n'est pas rien, j'ai toujours l'impression qu'on gère des miettes. Enfin, c'est surtout moi qui gère.

Agnès s'arrêta là et sortit de la voiture.

Yann, engourdi par ses paroles, tout à la fois fasciné et troublé d'en avoir autant entendu, détacha sa ceinture.

Avant de claquer la portière, Agnès termina :

— Cette révélation sur la montagne, l'hôtel, tout ça, il l'a eue au printemps, alors que tout avait déjà fondu, qu'on pouvait à peine deviner les pistes sur les pentes. Ce n'est pas le ski, la foule ou l'effervescence de la saison qu'il aime, c'est quand le printemps arrive, que la neige disparaît, que ça reverdit et que tout le monde se casse, que les vacanciers et les citadins quittent peu à peu la montagne.

8

On annonça de la neige pour la nouvelle année.

C'est un loueur de skis, Hervé, originaire de la vallée, un skieur hors pair de l'âge de Hans ayant cru un temps pouvoir faire carrière avant de se casser les genoux, qui arriva en trombe un matin en brandissant un exemplaire du journal du coin. Une grève agitait le service national de météorologie depuis plusieurs jours et laissait place aux prévisions les plus changeantes et les plus incertaines. On ironisa, charriant Hervé sur son enthousiasme juvénile avant que Hans ne vérifie par lui-même sur des sites étrangers qui confirmaient l'hypothèse.

— Ils se sont basés sur les prévisions des Italiens, expliqua Hervé avec sérieux.

D'heure en heure, tous les bulletins s'alignèrent sur les prévisions du journal local. On annonçait vingt bons centimètres et un mercure sous zéro pendant plusieurs jours qui permettrait à la neige de tenir et d'être alimentée par les canons. Les réservations reprirent.

Le soir du réveillon, on s'installa tôt à table et le repas s'étira sans fin. En plus des vacanciers qui logeaient à l'hôtel, quelques autres personnes vinrent dîner. Les tablées étaient sages et veillaient à ne pas se déranger les unes les autres. Il n'y avait qu'un seul menu et le service fut terminé bien avant que minuit ne sonne. La soirée connut une seconde jeunesse quand Hans, Joachim, Yann, Florence, s'installèrent à la table d'Agnès, Guillaume et de leurs deux petits garçons. Ils furent rejoints par d'autres saisonniers, avertis par Joachim que c'était ici qu'il fallait être pour les embrassades et les grandes déclarations. Certains clients allèrent se coucher sans attendre et les souvenirs de l'année passée résonnèrent bientôt de plus en plus fort dans la salle du restaurant, mêlés à d'autres souvenirs plus récents. Joachim resservait aussitôt les verres vides, le vin n'était qu'un avant-goût de la nuit qui s'annonçait dans les bars de la station. On demanda des nouvelles de ceux qui n'étaient pas encore montés, si on ouvrait dès maintenant une bonne bouteille ou si on attendait car Charlotte et d'autres devraient bientôt arriver. Plusieurs loups avaient été aperçus sur les sommets et aux abords de la station. Hans riait fort tout en essayant d'attraper ses neveux qui couraient autour de la grande tablée. Dans cet emballement, Yann n'était pas de ceux qui parlaient le plus mais chacune de ses remarques, chacun de ses traits d'esprit nourrissait les discussions. Florence se pencha un moment vers lui. Elle aimait beaucoup sa ville, elle avait travaillé un temps dans un restaurant sur la corniche. Elle lui posa plusieurs questions sur le quartier où il avait grandi, sur les lieux qu'il aimait et Yann lui raconta ses déambulations le long du port, ses cafés favoris, les après-midi écrasés par la canicule, allongés sur la terrasse d'un de ses amis.

Finalement, sous l'impulsion de Hans, tout le monde s'accorda pour se foutre des conventions, déboucher le pétillant et s'embrasser, s'enlacer sans attendre le son des cloches. Plutôt que de se regarder dans les yeux et se souhaiter le meilleur, ce fut une grande étreinte et un concert de vœux, un peu désarticulés, un peu confus mais qui eurent le mérite de ne laisser personne à l'écart et de beaucoup amuser les fils d'Agnès. On savait que d'autres déclarations se feraient dans l'intimité.

Les discussions ardentes et enthousiastes, portées par l'ivresse et par l'excitation de la nuit, laissèrent peu à peu la place à des murmures feutrés, des balancements de tête vaporeux et nonchalants. Yann faisait tourner un fond de vin rouge dans son verre en le tenant par les bords et écoutait une conversation encore bouillonnante entre Joachim et Charlotte, qui se demandaient si Félix, un type avec lequel ils avaient tous les deux couché l'année dernière, reviendrait cette année et s'il pencherait d'un côté plutôt que de l'autre. Il ressentait une satiété délicieuse et ce n'était pas en raison du repas copieux qu'il venait d'engloutir, mais dû à la présence autour de lui de ces personnes inconnues il y a quelques semaines et à présent si proches. Il se sentit même prêt à discuter avec Grégoire, quand ils se retrouvèrent tous les deux, par le hasard de la soirée, assis l'un à côté de l'autre. Mais Grégoire n'était pas de cet avis et il se releva sans un regard, dans un soupir aux tonalités de crachat.

On ne sut jamais quand minuit sonna et, petit à petit, les convives commencèrent à se disperser et à s'affairer pour rejoindre le bar. Il y eut bientôt plus de personnes debout qu'assises, les fonds de bouteille furent bus cul sec et on jeta tout en vrac dans les éviers et dans des grands sacs-poubelle stockés dans la cuisine. Agnès, son compagnon et leurs deux enfants qui dormaient depuis une heure, l'un affalé sur une chaise, l'autre accoudé à la table, furent les premiers à partir. On s'embrassa, on s'enlaça.

Yann, qui participait à l'agitation, voyant bien que le gros du rangement serait fait le lendemain, hésita et, la bouche un peu pâteuse, l'impression d'avoir déjà la tête qui baignait dans l'alcool, décida de ne pas suivre le groupe. Il salua l'assemblée et s'éclipsa du restaurant. Il entendit à peine un sifflement suivi d'un « et bah à l'année prochaine ! ». Il fit un geste de la main sans se retourner et prit la direction de sa chambre, déclinant par là l'ultime invitation de Joachim à les accompagner au bar de la station où ils danseraient jusqu'à l'aube.

Yann pénétra dans un des couloirs sombres de l'hôtel où régnaient une ambiance feutrée, un silence dans lequel les échos du restaurant parvenaient à bout de souffle. La lumière ne s'alluma pas et Yann avança à tâtons, la main sur le lambris. Il progressait mètre après mètre sans mesurer la distance qu'il parcourait, l'épaisse moquette étouffait le bruit de ses pas. En bifurquant sur un autre couloir, il sentit un courant d'air glacé lui passer sur le visage. Une des portes de service était ouverte et poussait un léger grincement sous la brise qui venait de l'extérieur. Yann s'approcha. La porte donnait directement sur les pistes. Il faisait froid, le ciel était clair, infiniment lisible et sans nuages. Yann fut saisi et son esprit s'éclaircit. Il frissonna et ce frisson intense, si désiré, traversa son corps comme l'espoir que les prévisions qui étaient sur toutes les lèvres s'accomplissent. Plutôt que de fermer la porte et rentrer se blottir sous les draps, il s'engouffra au-dehors. Vivifié par ce froid si sec et malgré sa tenue trop légère, il s'éloigna de l'hôtel, franchit le muret en pierre qui le séparait des pistes et commença à gravir la pente. Il avait en ligne de mire un talus d'où jaillissent les skieurs, une bosse où l'on peut s'asseoir en l'absence de neige et d'où l'on peut contempler l'agitation dans les chalets au travers des fenêtres éclairées, le va-et-vient des personnes et des voitures dans la station et, au loin, les scintillements des lumières de la vallée. Cette courte ascension le réchauffa et il s'assit dans l'herbe humide, dans une position et un emplacement qu'il commençait à connaître.

Il resta là, immobile, sentant le sommeil le gagner, tout en sachant qu'il ne s'endormirait pas, à cause du froid qui lui rongeait le visage et le bout des doigts. Ses pensées, si promptes à s'échapper de la montagne, restèrent là, elles aussi, et ne dépassèrent pas l'horizon. La lune était faible, seul un croissant fin commençait à émerger par-dessus les crêtes. Yann en suivit la lente ascension de son regard inhabité et son esprit hypnotisé se délesta des lambeaux sombres qui s'accrochaient encore à lui. La nuit le rendait sensible à tout ce qui s'étendait autour de lui, aux distances, à la clameur des bêtes nocturnes et aux émanations de la terre.

En abaissant un instant son regard au bas des pistes, Yann aperçut une silhouette qui avançait vers lui. Elle grimpait d'un pas sûr, semblait parfois déraper sur l'herbe humide, s'enfonçait le pied dans un trou sans interrompre sa marche. Il reconnut Hans à sa taille, à ses enjambées amples et vigoureuses, à cette façon qu'il avait de se tenir et de marcher les mains dans les poches de sa veste sans perdre l'équilibre.

Yann lui adressa un signe de la main, auquel Hans répondit. Son sac à dos aux bretelles desserrées se balançait derrière lui. Arrivé à sa hauteur, Hans resta debout et contempla lui aussi l'horizon, souriant, l'air satisfait. De la buée dense s'échappait de sa bouche. Il s'assit près de Yann et sortit une bouteille de liqueur de plantes.

Yann le regardait, un peu ivre, un peu intrigué, un peu amusé de s'être fait suivre. Il se découvrait une humeur malicieuse, une envie de se confier et de tester ses réactions.

Hans servit deux rasades, le goulot de la bouteille tinta sur le rebord des verres. Il en tendit un à Yann et de la liqueur lui coula sur les doigts.

— Comment tu trouves les gens ici ? lui demanda Hans après un moment.

— Je ne sais pas. Pourquoi tu me poses la question ?

— Parce que tous les gens disent qu'ici c'est différent, que les autres, ils ne peuvent pas comprendre l'atmosphère qui règne dans la montagne, que les liens qui se créent et les expériences qu'on vit, ils ne les retrouvent pas ailleurs. Je me demande encore si c'est vrai.

— Peut-être. En tout cas, depuis que je suis arrivé, j'ai plutôt l'impression de retrouver les mêmes personnes que celles que j'ai quittées. Chaque nouvelle rencontre me rappelle quelqu'un que je connais. Je retrouve des traits de caractère, des gestes qui me font penser à des amis, à des cousins. D'où je viens, les gens disent la même chose, qu'ailleurs c'est pas pareil, qu'ailleurs on ne peut pas les comprendre. Tout le monde dit ça.

— « D'où je viens ». Tu parles comme si tu étais parti pour toujours.

— Tu trouves ? C'est vrai que, plus j'y pense, plus je me rends compte que c'est la sensation que j'ai, de les avoir quittés. C'est peut-être parce que je suis parti très vite, que je n'ai prévenu personne, sauf ma copine, qui l'a mal pris, je crois.

Yann avala d'un trait son verre. Il fut surpris par la force de l'alcool et son visage se crispa.

— C'est-à-dire ?

— J'ai une copine, enfin, j'avais une copine. On a rompu quelques jours après que je suis arrivé.

— Ah oui, je me suis douté de quelque chose comme ça oui, fit Hans en prenant une gorgée.

Yann ne répondit pas tout de suite, le breuvage brûlant et vif se diffusait en lui.

— Pardon, ce ne sont pas mes affaires.

— Non, non, enfin, c'est que ça s'est terminé c'est tout.

Hans détourna la conversation. Ils parlèrent du froid qui confirmait les prévisions : cette nuit, il y aura de nouveau des gelées. En traçant de grands arcs de cercle avec ses bras pour désigner le ciel, Hans décrivit à Yann ces nuits où les étoiles se répandent avec une infinie finesse, où l'espace semble si près qu'on croit y distinguer des formes de vie que personne n'a jamais pu observer. Par l'ouest, de fines couches de nuages commençaient à arriver et, si on se concentrait bien, on pouvait voir nettement leur délimitation. Ces ciels sont le signe d'un temps froid, les nuages, annonciateurs de changement et de précipitations. L'ivresse s'emparait de nouveau de leurs corps et embrumait leurs esprits. Yann s'allongea dans l'herbe sans sentir l'humidité qui aurait dû lui grignoter le dos et les épaules. Le regard tourné vers la nuit, il se laissa happer par le ciel et son corps tout entier se fondit dans les astres. Hans continuait de lui parler, de lui raconter comment, par l'observation de la nature, on pouvait prédire avec plus de certitude la météo changeante des hivers en montagne. Sa voix était plus grave, plus proche.

— Tu sais pourquoi tant de personnes attendent que la neige tombe ? Il y a des gens qui te diront qu'ils détestent la neige. D'autres qu'ils l'attendent pour qu'enfin les touristes et les vacanciers arrivent, qu'on démarre les remontées mécaniques, que les terrasses se remplissent et que tout reparte, parce que sans ça il n'y aurait plus d'argent ici. Mais je pense que les gens attendent aussi la neige tout simplement pour le plaisir de la voir tomber. Si tu regardes les visages les jours de premières neiges, tu verras que même les plus aigris, même ceux qui ont eu des accidents, qui ont perdu des proches dans les avalanches ou des sorties de route, ils ont l'air rassurés et détendus, leur visage est apaisé. Les saisons ont quelque chose de plus fort que nous. Je trouve ça fascinant de voir à quel point elles sont inéluctables et en même temps, à quel point elles peuvent se dérober alors qu'on pense les maîtriser. Tu vois, la neige, on peut la conserver, en créer, il y a des sondes et des ballons qui sillonnent le ciel pour prévoir le temps qu'il va faire, mais finalement, nous sommes tous là à attendre que la neige, la vraie, tombe.

Hans se servit de nouveau un verre et Yann se redressa pour lui tendre le sien. La liqueur était glacée. Ils finirent de boire.

Les frissons de Yann devinrent plus intenses. Hans lui proposa son écharpe, lui dit qu'ils feraient peut-être mieux de rentrer. Yann acquiesça, les muscles des jambes rigidifiés par le froid. Hans l'aida à se relever. Il lui annonça qu'il se rendait au bar pour se réchauffer et lui proposa de l'accompagner. Sans vraiment répondre, Yann lui emboîta le pas pour redescendre vers la station. Il n'avait aucune idée de l'heure qu'il était, peut-être deux ou trois heures du matin, et la perspective de retrouver son lit lui paraissait être la meilleure option.

De retour sur le bitume, Hans n'insista pas pour que Yann l'accompagne. Il sortit simplement la main de sa poche pour lui dire au revoir.

Yann tourna les talons mais avant d'entrer dans l'hôtel et d'arpenter les longs couloirs duveteux qui menaient à sa chambre, il jeta un dernier regard à Hans qui disparaissait dans le cœur de la station. Il avait une allure souple, se balançait doucement et Yann l'entendit fredonner un air gai et allègre annonciateur de la nuit blanche.

Dans sa chambre, Yann se déshabilla et chercha le sommeil sans y croire. La pièce tanguait autour de lui. Il se releva, s'aspergea le visage à l'eau glacée, en but un verre, puis s'assit sur le bord du lit.

Après quelques minutes d'hésitation, il remit son pantalon, son pull et prit la direction du bar.

Il traversa l'hôtel déserté, la salle du restaurant où flottait une odeur de gras qui s'accrochait aux murs, la station vide où le froid continuait de resserrer l'air, de mordre le sol et les toitures. Il était encore plus franc et lui picorait les joues, une brume très fine voilait les environs et adoucissait les lumières blafardes des lampadaires.

Il marchait d'une foulée automatique, ses jambes le guidaient vers un des immeubles du front de neige.

À l'intérieur du bar régnait une atmosphère suspendue, tout autant celle d'un interminable début de soirée que du calme qui suit l'euphorie. Les néons crus éclairaient le comptoir et révélaient de fines particules qui flottaient dans l'air, les fauteuils aux couleurs délavées paraissaient neufs et Yann eut l'impression de pénétrer dans un lieu qui n'aurait pas changé en vingt ans. Joachim fit de grands gestes et bondit de son tabouret en voyant Yann passer le pas de la porte. Il lui commanda une bière et ils échangèrent vainement quelques mots par-dessus la musique. La bière était tiède et Yann en but plusieurs petites gorgées rapides et désagréables. Joachim était en extase, survolté. Avec Charlotte, ils firent tout leur possible pour l'intégrer aux discussions dont il n'entendait que des bribes. Les basses lui cognaient la tête et Yann se demanda si ces prolongations étaient judicieuses. Il esquissa des sourires, hocha la tête en signe d'approbation. La musique assourdissante rendait les gens muets. Petit à petit, il observa autour de lui en se tournant sur son tabouret : deux autres petits groupes où il reconnaissait certaines têtes croisées à la supérette ou vues de loin, des saisonniers qui s'embrassaient déjà quelques heures plus tôt, Grégoire et d'autres personnes seules qui gravitaient autour du bar. On avait poussé quelques tables et des fauteuils pour faire de la place à une piste de danse éclairée d'une boule disco dont les facettes se décrochaient.

Alors, son regard se posa sur Hans, au milieu du petit attroupement de personnes qui dansaient.

Son corps se détachait de la piste improvisée. Il était enchâssé parmi d'autres et ondulait la tête et les épaules au rythme de la musique en gardant les yeux fermés. Ses pieds bougeaient plus lentement encore, c'était de là que semblait provenir son balancement, c'étaient eux qui donnaient la cadence. Une femme se mouvait à ses côtés, en face de lui, et paraissait le suivre, s'accorder à ses mouvements. Yann ne l'avait jamais vue. Elle devait avoir une trentaine d'années, ses cheveux bruns tombaient le long de son visage et elle affichait un sourire imperturbable. Elle dégageait une assurance un peu forcée qui se lisait dans ses yeux, déterminés à croiser ceux de Hans et à maintenir le contact. C'était le genre de femmes dont Yann se disait parfois « elle me plaît ». Il avala une nouvelle gorgée de bière.

Joachim l'attrapa par l'épaule et le ramena vers le bar. Il demanda à Yann s'il voulait danser, mais non, il était juste « descendu boire un coup pour fêter ça » et il « remonte dans pas longtemps ». Joachim aligna alors devant lui une dizaine de petits verres à shot avec un regard ardent. Yann fit d'abord mine de refuser, mais sous l'insistance de Joachim, « avec ça tu vas te sentir bien », il accepta le verre – au point où il en était. Avec les autres, ils burent d'un coup ce mélange d'alcools à la consistance visqueuse, avec probablement autre chose dedans, bien plus fort que ce qu'il avait bu jusqu'à présent, qui lui irradia immédiatement le palais et dont le goût saturé demeura longtemps dans le fond de sa bouche.

Yann se rapprocha et se mêla aux discussions avec plus d'engagement, comme s'il avait retrouvé l'ouïe, comme s'il avait d'un coup plein de choses intéressantes à raconter, s'habituant à la musique toujours plus forte, jetant de temps à autre des coups d'œil sur la piste.

Son regard s'accrochait au corps balançant de cette femme qui s'était rapprochée de Hans. Leurs épaules et leurs visages se frôlaient, leurs bras enchevêtrés ondulaient dans les variations de lumière et Yann, troublé, posant son regard sur ces formes agitées, se mit à les confondre. Le rythme s'accéléra. Il sentit les pulsations vibrer dans sa cage thoracique et remonter dans un fourmillement jusque dans son crâne. Et ses yeux, croyant effleurer la nuque de la femme, s'égarèrent sur les épaules de Hans, sur son visage éclairé par intermittence, sur son harmonie, la discrète confiance qui irradiait de chacun de ses gestes, de chaque mouvement de ses bras. On éteignit les lumières. Un bouillonnement bien plus ample lui réchauffa la poitrine, un bouillonnement qui prenait toute la place et au même moment, dans un concert d'exclamations, des dizaines de personnes vinrent gonfler la foule qui déborda de la piste de danse. Joachim passa son bras sur les épaules de Yann et, approchant ses lèvres, l'invita au creux de l'oreille, dans un murmure que Yann entendit pourtant distinctement, à aller danser. Yann resta immobile : malgré les vibrations qui traversaient son corps et ses jambes tiraillées d'impatience, quelque chose le retenait. Voyant son hésitation, Joachim revint vers lui, lui prit la tête entre les deux mains et lui cria, cette fois bien plus fort et par-dessus la musique :

— Viens ! Tu penses trop !

Alors, porté par Joachim, par la foule, il se glissa dans le reste de la nuit comme dans un rêve, qui ne laissa pour traces que des flashs, des impressions, ce qui se nouait entre lui et les autres, toujours plus près, les corps qui se frôlent et qui se rencontrent, les souffles haletants, les odeurs emmêlées. Joachim se rapprochait irrésistiblement, plantait son regard dans le sien, appuyait sa tête contre la sienne. Et, par moments, l'image de Hans, lointaine, irréelle, incertaine, que Yann cherchait en portant ses yeux au-delà du petit groupe. Il crut le retrouver mais se trompa à chaque fois, ce n'était pas la même chemise, ce n'était pas son visage, il était plus grand. Hans demeura invisible le reste de la nuit, tout comme la femme avec qui il avait dansé.

SECONDE PARTIE

9

Le lendemain, il ne neigea pas.

Ceux qui allèrent se coucher aux aurores, engourdis et titubants sous le poids de la nuit, croisèrent les autres, ceux dont le réveillon avait été bref et qui s'étaient réveillés tôt, bien avant que le jour ne se lève, pour découvrir les premiers la neige qui aurait dû tomber. Mais la station était comme la veille, grise, bitumée, les pentes de la montagne, vertes et nues. Une couche de nuages duveteux, lourds et sombres, s'accrochait aux crêtes et semblait prête à se déverser dans la vallée. « Le ciel nous nargue », entendait-on. Après quelques heures suspendues, la journée se mit en route et s'écoula, faible et distraite, les yeux levés vers les nuages, comme lorsqu'on attend quelqu'un dont on sait qu'il ne viendra pas.

Les semaines suivantes, il ne neigea pas non plus.

Après le nouvel an, Yann tomba malade. Cette nuit-là, le petit groupe avait fermé le bar, Yann et Joachim étaient rentrés jusqu'à l'hôtel, en silence, l'un et l'autre se tenant bien droits, sages et vertueux dans l'ivresse. Avant qu'ils ne se séparent à l'embranchement de deux couloirs, Yann remercia Joachim d'avoir insisté pour qu'il vienne, pour les verres qu'il lui avait offerts. Il se réchauffait au contact de sa générosité et de son attention mais se sentait un peu confus de ne pas avoir pleinement répondu à ses avances durant la nuit. Joachim esquissa un sourire fatigué et lui répondit par une embrassade. Il lui déposa un baiser sur la joue.

Quelques heures plus tard, Yann se réveilla dans son lit avec un mal de crâne terrible qu'il mit sur le compte de l'alcool : la lumière aveuglante du jour, qui parvenait par stries au travers des volets, lui perçait le crâne et lui faisait monter les larmes aux yeux. Le moindre son – un réveil, une porte claquée, le sifflement du vent, le toit qui craque, des gonds qui grincent – s'enfonçait dans ses tempes comme une aiguille. Il replongea sous les draps, sous la couverture rêche, sous l'oreiller, sans se soucier de savoir si on avait besoin de lui, et réémergea plus tard dans la journée, appesanti et somnolent, pour faire acte d'existence à l'hôtel.

Sa mère l'appela pour lui souhaiter la nouvelle année, une attention qui lui parut venir d'un autre monde. Elle avait fêté le réveillon chez sa belle-sœur, qui habitait une centaine de kilomètres plus loin sur la côte, et avait eu très peur sur le retour, puisque la voiture qu'elle suivait avait évité de justesse un camion et avait fini dans le fossé. C'était elle qui avait appelé les secours, bien que les passagers n'aient apparemment pas été blessés. Sous le choc – sa voix tremblotait encore –, elle disait qu'elle aurait du mal à retourner travailler. La prochaine fois, c'est sa belle-sœur qui viendrait pour le nouvel an. Yann écouta son récit en détachant le téléphone de son oreille puisqu'il ne supportait pas les sons stridents. Il essaya de la rassurer, lui dit de faire attention et lui marmonna le reste de ses réponses.

Le matin suivant, il ne put se lever de son lit. Il avait à peine dormi malgré la fatigue. Il avait transpiré toute la nuit et avait navigué sur son matelas à la recherche d'une position confortable. Il n'avait pas de thermomètre mais il savait qu'il avait de la fièvre, lui qui ne tombait jamais malade. Perclus de frissons et sous l'impression que tout ce qui le touchait lui écorchait la peau, il se décida à braver le mal et à descendre pour assurer le service du midi, qui était encore plus bref qu'avant puisque les vacances se terminaient. Il rassura les autres sur son état, prit des nouvelles de la station, participa à une ou deux discussions, se concocta un grog dans la cuisine sous le regard avisé de Florence, réchauffa un reste de potage et remonta. Ce fut son train de vie pendant quelques jours et il passa l'essentiel de ses journées seul dans sa chambre, allongé ou assis à la petite table d'où il regardait parfois dehors, pour voir si la neige commençait à tomber et si les branches des sapins se teintaient de givre. Dans ses excursions, le plus souvent, il ne croisait personne. Il digérait lentement les sensations et les émotions des derniers jours sans que ses pensées ne se précisent tout à fait. Il les observait, les laissait retomber et se sédimenter, attendant de comprendre et de voir ce qu'elles formeraient, comme l'eau trouble d'une flaque qui se calme après avoir été remuée et dont on peut finalement voir le fond. Cette solitude agissait tel un miroir qui lui était tendu et qui le forçait à se regarder.

Il s'attendait à recevoir de la visite mais aucun saisonnier, ni Charlotte, ni Hans, ni Florence, personne ne bouscula sa tranquillité ni ne se soucia outre mesure de son état, ne le conseilla sur les médicaments qu'il devait prendre ou ne s'inquiéta de l'évolution de sa température. Était-ce parce qu'il était apprenti médecin et qu'il saurait mieux que quiconque se soigner ? Pour traverser la maladie, en plus du repos, il lut un livre laissé par Joachim au seuil de sa chambre. *La mort à Venise.* « Il faut soigner le mal par le mal », lui avait-il dit en entrouvrant la porte. C'était le seul qui se souciait un peu de son état quand Yann partait en excursion dans l'hôtel. Le roman était court, à peine plus de cent pages, d'un auteur mort dont Yann avait vaguement entendu parler. Il s'en délecta, en prenant le temps qu'il fallait, et la fièvre baissa au fil de la lecture.

Il profita de son repos pour prendre des nouvelles de quelques-uns de ses amis. L'un d'eux, visiblement informé de la situation là-haut, lui demanda s'il avait toujours du travail.

Ces quelques jours s'écoulèrent comme une retraite silencieuse de plusieurs semaines.

Yann allait mieux. Il avait envie de sortir, avait retrouvé l'appétit et le goût de la compagnie des autres. Dès qu'il fut guéri, il ouvrit grandes ses fenêtres et s'aventura pour de bon hors de sa chambre.

Il inspecta d'abord différentes pièces, toutes vides et délaissées, avant de quitter l'hôtel. Dehors, il sembla à

Yann que l'atmosphère s'était encore contractée. Il n'y avait ni vacanciers, ni promesse de neige, les magasins de vêtements de sport, les épiceries de montagne, les agences bancaires et les boutiques de souvenirs restaient fermés, on ne faisait même plus mine d'agencer les terrasses des restaurants. Le ballet des voitures qui avait rythmé les dernières semaines s'était arrêté, et après avoir parcouru une centaine de mètres depuis l'hôtel, Yann ne voyait toujours personne.

Il déambula entre les barres d'immeubles où des traces d'humidité bavaient sur les façades. Il n'y avait plus d'enfants à glisser sur la patinoire, plus personne à les regarder s'accrocher les uns aux autres pour ne pas tomber. La glace fondait et des filets d'eau coulaient le long des rambardes en bois. Un voile de brume s'attardait parfois devant lui, à peine chassé par le vent.

Sur le seuil d'un magasin de location, il aperçut alors Hans de dos. Il discutait avec Hervé. Le rideau était à moitié relevé devant la vitrine et le magasin enveloppé par l'obscurité. Yann hésita, mais les deux hommes avaient tourné la tête vers lui. Hans lui apparut grandi. Il avait le regard brillant et caressait sa barbe légère avec sa main. Il lui sourit et s'écarta un peu pour l'accueillir en se réjouissant de le voir sur pied. Hervé le prévint que leur discussion n'était pas très gaie.

Ils commençaient à chiffrer les pertes, inventoriaient les réservations qui chutaient, les skis, les planches, les bâtons, les casques, le matériel neuf plein le sous-sol qui n'aurait jamais dû être commandé, les chambres et les restaurants vides, partout. Hervé, qui tirait de grandes bouffées de cigarette entre ses doigts tremblants, ne masquait ni son inquiétude pour la saison ni son agacement. Il était en colère contre la société d'aménagement qui n'avait pas installé suffisamment de canons à neige, contre la mairie, la communauté de communes et l'État qui n'anticipaient rien et ne prévoyaient rien pour faire venir les touristes, contre son assureur qui ne lui répondait même plus, contre lui-même, trop con de persister, de croire que ça irait mieux, de croire les discours mielleux des promoteurs, des banquiers et des faiseurs de neige. Hans lui, était plus philosophe : il lui rappela certains hivers, ces dix dernières années où il n'y avait pas forcément plus de neige à cette période. Hervé fit la moue :

— C'est quand même bien la merde cette année. C'est aussi l'accumulation, tu comprends.

Hans hocha la tête. Gustave, un vieux technicien qui s'occupait des remontées mécaniques, était assis sur un banc adossé à la vitrine de la boutique. Lui aussi était un peu morose.

Il avait l'allure d'un vieillard, mais il était encore vif. Il n'habitait plus le village où il avait grandi et vivait plus bas dans la vallée. Il faisait l'aller-retour chaque jour pour venir s'occuper de ses remontées. Son visage était creusé de sillons, fatigué par la pente. Il prenait de temps en temps le café à l'hôtel et s'annonçait en tapant trois petits coups à la vitre. Toutes les années où les neiges tardaient, il racontait les mêmes histoires, sous les haussements d'épaules de celles et ceux qui l'entendaient.

Certains hivers de sa jeunesse avaient été des hivers *sans neige*. C'était avant que les remontées mécaniques n'irriguent la montagne et que des barres de béton n'obstruent le paysage. Ces années-là, on avait laissé les bêtes dehors et elles avaient pu brouter dans les alpages jusqu'au printemps. On avait fait des réserves de foin en prévision d'une année plus dure, on avait profité de la terre nue pour labourer et aplanir des parcelles. Et surtout, les familles avaient pu descendre régulièrement dans la vallée par des chemins normalement impraticables. Ils n'avaient pas vécu l'isolement total qui leur incombe en hiver et ce n'était pas forcément une mauvaise chose. À l'époque, on s'inquiétait plutôt du manque d'eau quand l'été reviendrait.

Son récit exaspéra encore un peu plus Hervé qui, sans en attendre la fin, leva la main au ciel l'air de dire « on se revoit plus tard », jeta son mégot, l'écrasa au sol et pénétra dans sa boutique en claquant la porte derrière lui.

Hans accompagna un peu Yann dans la suite de sa marche. Il prit de ses nouvelles, lui présenta ses excuses de ne pas lui avoir rendu visite. Yann lui raconta qu'il avait dû prendre froid la nuit du réveillon, qu'avec l'alcool il ne s'était pas rendu compte des changements de température.

— C'est donc notre petite échappée qui t'a rendu malade ? lui demanda Hans en souriant.

Était-ce en raison de ces longues journées à l'écart du monde, de la confusion qui naissait en lui, de cette atmosphère de plus en plus lourde et pesante, des mauvais augures de Gustave sur l'absence de neige ? Yann répondait à Hans en ayant l'impression que rien de tout cela n'était vraiment réel et Hans lui paraissait flotter paisiblement à côté de lui. Le récit de Gustave attisait encore un peu plus la curiosité inquiète de Yann : au fond, qu'allait-il arriver s'il ne neigeait pas, que se passerait-il si on vivait un hiver comme ceux de l'enfance de Gustave ? Hans lui raconta que, durant tous les hivers qu'on avait dit sans neige, elle avait toujours fini par tomber :

— Les gens s'inquiètent, et c'est normal. Ici, tout le monde te parlera de deux hivers successifs, il y a vingt ans. Deux années de suite où, c'est vrai, il n'était pas tombé grand-chose. Mais les domaines les plus en altitude avaient été bien servis et on avait quand même pu skier ici trois semaines en février. La neige était simplement tombée plus tard que d'habitude.

Hans se souvenait de la date précise de ces neiges les plus tardives à la station. De mémoire d'homme, il a toujours fini par neiger au mois de février. Ça leur laissait trois semaines.

À compter de ce jour et pour la première fois de sa vie, Yann consulta la météo, l'œil sur son téléphone en marge des apéros ou le soir avant de s'endormir. La grève qui s'éternisait rendait la tâche plus difficile. Les prévisions étaient souvent incohérentes, elles restaient les mêmes d'un jour sur l'autre dans les journaux ou bien s'actualisaient d'un coup, à la radio ou en ligne, de manière inattendue. Les bulletins italiens et suisses s'étaient révélés inexacts, annonçant de la neige qui tombait finalement de l'autre côté de la frontière. On s'y fiait de moins en moins. Devant tant d'incertitude, plus personne ne prenait la peine de changer les prévisions affichées à l'office du tourisme, ni celles collées au guichet où l'on vendait les forfaits de ski. Les papiers imprimés qui pendaient derrière les vitres annonçaient la météo de la semaine précédente.

Yann, lui, continuait de guetter la baisse des températures, les annonces de précipitations et comparait les situations entre les vallées. À quelques kilomètres, le temps variait, en quelques minutes, il se transformait. Il se frotta à plusieurs reprises à des articles scientifiques plus ardus, pour comprendre l'influence des reliefs sur les averses et sur les vents, côtoyant des termes opaques et énigmatiques qui lui rappelèrent ses longues nuits blanches, penché sur des ouvrages de biologie et d'anatomie, quand la fatigue et l'accumulation des heures font perdre leur sens aux mots. Il aimait contempler les cartes météorologiques, les courants tracés sur des fonds en couleurs, les reliefs, les cours d'eau et les sommets qu'il reconnaissait quand il s'aventurait dans les alentours de la station. Il poursuivait ses rêveries à l'extérieur et observait les nuages se mouvoir, les variations de teinte et d'altitude.

La neige n'était pas totalement absente du pays et ce fut lui qui annonça un matin qu'il était tombé une quinzaine de centimètres dans les stations les plus hautes du massif. Sa nouvelle fut rapidement confirmée et, dans ces stations d'altitude, on avait démarré les canons à neige grâce au froid qui s'était abattu pendant la nuit.

10

Un après-midi, alors que Yann continuait d'assurer l'accueil quelques heures par jour, de répondre aux rares coups de téléphone qui leur parvenaient, un tonnerre de voix, confus et brutal, éclata soudain non loin de lui et fit trembler les murs de l'hôtel. Quelques secondes plus tard, Agnès jaillit des confins de la bâtisse et traversa la réception. En saisissant la porte à pleines mains pour sortir, elle vit Yann, s'arrêta, le salua d'un mouvement bref de la tête et quitta la pièce. Elle marmonnait quelque chose que Yann ne comprit pas. Elle avait les traits tirés, le visage dur et son écharpe pendait sur le côté. Elle la jeta à plusieurs reprises par-dessus son épaule en se dirigeant vers sa voiture, mais elle retombait inexorablement dans la même position. Yann la suivit du regard au travers des baies vitrées. Elle claqua la portière et démarra en soulevant des nuages de poussière.

Hans se tenait debout dans l'encadrement de la réception et l'avait, lui aussi, regardée s'en aller. Le silence envahit de nouveau la pièce pour recouvrir la tranchée creusée par la fureur du départ d'Agnès. Quand la voiture disparut, Hans tourna les talons et s'engouffra de nouveau dans l'hôtel. Yann hésita, puis le suivit. Dans les couloirs sombres, où l'atmosphère contenue et étroite atténuait les sons, la voix de Hans lui parvint, claire et audible :

— Ça faisait longtemps qu'on ne s'était pas engueulés comme ça.

Guidé par ses paroles, Yann parvint rapidement à le retrouver. Après une bifurcation, une porte était ouverte sur son bureau.

— Qu'est-ce qui se passe ?

— Rien de grave. Des histoires d'argent. On n'est pas d'accord.

C'était la première fois que Yann accédait au bureau de Hans. Il avait traversé des dizaines de fois ce couloir et il ne s'était pas douté que son bureau se trouvait là, qu'il n'y avait pas que des chambres derrière les portes closes. Hans était adossé à une table recouverte de piles de papier qui encerclaient son ordinateur. Derrière lui, des étagères pleines de dossiers grimpaient jusqu'au plafond.

— C'est ici que tu travailles ? lui demanda Yann.

Hans prit une grande inspiration.

— Oui, enfin, pas tant que ça. J'y passe de temps en temps.

Yann regretta un instant de l'avoir suivi, se disant que sa présence était peut-être de trop. Il fit un geste de recul.

— Entre, assieds-toi.

Il lui désigna une chaise.

— Il faut que je retrouve mes esprits, c'est tout. La situation est un peu compliquée. Agnès veut me pousser à faire des choix, des choix que je trouve mauvais.

Yann s'assit sur la chaise au dos rigide mais qui pivotait sur son axe. Il la fit tourner un moment puis demanda à Hans en prenant un ton détaché :

— Quels choix ?

— De prendre son expert-comptable, de renégocier des lignes de crédit. De la laisser davantage gérer l'hôtel.

— Je croyais qu'il était à toi cet hôtel ?

— Pas complètement. Agnès en possède une partie. Je n'avais pas assez d'argent à l'époque pour le racheter, elle m'a aidé. Elle a des parts dedans. Elle y est attachée elle aussi, tu sais.

— Et qu'est-ce qui ne va pas alors ?

Hans se passait la main dans sa barbe de trois jours, dans ses cheveux, il regardait ailleurs et cherchait ses mots.

— C'est comme tout. Tu imagines bien que quand les affaires roulent, tout le monde s'entend pour le mieux. C'est quand ça se corse, qu'on doit faire de vrais choix, que les gens se révèlent. Et là comme ça va mal, qu'il y a un risque que ça lui retombe dessus, elle resserre son attention, elle contrôle davantage, veut m'imposer des trucs alors qu'elle avait dit qu'elle me ferait confiance.

Yann ne trouvait pas de position confortable sur sa chaise dont un des accoudoirs s'était décroché du dossier. Il hésitait à le relancer, à lui demander des détails. Mais Hans poursuivit de lui-même en mettant machinalement de l'ordre dans ses piles de papier.

— Tu as un peu discuté avec elle, tu vois comment elle est. Directe, franche. Elle a de bonnes idées et elle aime avoir raison. Dès qu'une difficulté se présente, tac (il claqua des doigts), il faut tout de suite une solution. Moi j'essaie de lui montrer que parfois vaut mieux attendre, que la situation n'est pas si alarmante, que les choses s'améliorent. Mais non, elle, elle force les choses.

Yann pivotait toujours lentement sur la chaise. Elle grinçait un peu.

— Je ne devrais peut-être pas te le dire mais elle m'a raconté comment ça s'est passé, quand tu es parti plusieurs années, puis ton retour, répondit Yann.

Hans s'arrêta.

— Pourquoi tu me parles de ça ?

— Ce ne serait pas ça le fond du problème ?

— De quoi ?

— Elle n'a pas digéré que tu partes et que tu reviennes en pensant que tu pourrais tout sauver. Elle a aussi pu se sentir seule.

Hans fixa Yann dans les yeux, quelques secondes. Yann se figea. Puis, Hans s'approcha de la fenêtre, l'ouvrit en grand et plongea la tête dehors. De l'air frais s'engouffra dans la pièce en soulevant les feuilles de papier.

— Je n'aime pas quand elle fait ça, quand elle parle de moi. Je sais qu'elle ne dit rien de mal, qu'elle n'a pas de mauvaises intentions, mais ça me déplaît.

— Elle était assez factuelle, elle semblait assez détachée.

— Oui, comme toujours.

Après un silence, Hans reprit.

— Peut-être que ça lui pèse encore, tu as sûrement raison, je ne sais pas. On n'en parle pas.

— Désolé, je ne devrais pas me mêler de ça.

— Non, pas du tout au contraire. Tu poses les bonnes questions. Et puis, tu me parais être quelqu'un qui écoute, observe et attend avant de se faire un avis sur les choses et sur les gens. Je trouve ça bien.

Yann s'était tu. Il essayait de percevoir, par-delà les mots de Hans, s'il avait porté un jugement prématuré sur leur relation, s'il était allé trop loin. La voix de Hans commençait à se poser et avait retrouvé une certaine douceur.

— Bon j'arrête de t'emmerder avec ces histoires et je vais tâcher de m'occuper un peu mieux de la boutique.

Il sortit un paquet de cigarettes d'un des tiroirs de son bureau. Il en proposa une à Yann d'un mouvement de tête et lui lança le paquet.

Yann s'apprêtait à se servir quand ils entendirent des pas venir du fond du couloir. Des pas rapides, précipités, de plus en plus proches.

Joachim entra dans le bureau, essoufflé. Son regard se posa sur Yann.

— Grégoire s'est ouvert la main. Ça a l'air moche mais il refuse qu'on regarde ou qu'on l'amène aux urgences.

— Le médecin n'est pas dans son cabinet ? demanda Hans.

— Non, y a tellement plus personne qu'il est redescendu. Yann tu ne veux pas venir voir ?

Yann, assis sur sa chaise, se redressa à peine.

— Tu sais, si Grégoire ne veut pas que vous regardiez, ce n'est pas moi qu'il va écouter.

Joachim insista. Il essaya de décrire la blessure, il la figura sur sa paume avec le tranchant de la main, à renfort d'images, parla du flot de sang qui en coulait, le regard appuyé pour faire comprendre à Yann que la situation était grave et méritait qu'il dépasse sa réserve. Yann posa son regard sur Hans, comme s'il cherchait son approbation, puis se leva de sa chaise et le suivit, laissant Hans seul à son bureau.

Ils traversèrent l'hôtel et ses dédales, passant par les coursives, et sortirent par une porte dérobée. Ils parcoururent la station et pénétrèrent dans un des grands immeubles qui longeaient le départ des pistes. Joachim marchait vite, traçant leur route, arpentant des couloirs éclairés de néons blafards, Yann sur ses talons. Ce dernier s'efforçait de rester dans sa foulée, haletant, et il profita de ce moment seul avec Joachim pour lui poser une question qu'il osait à peine formuler et dont il ne parvenait pourtant pas à se défaire.

— Tu te souviens au bar le soir du 31, Hans dansait avec une femme. Tu sais qui c'est ?

Joachim dut être un peu surpris par sa question puisqu'il ralentit, tourna légèrement la tête et le regarda en plissant les yeux. Il esquissa un sourire.

— Oui, elle s'appelle Amandine. Elle est sympa.

Ils franchirent alors des portes à double battant et débouchèrent dans un hall vide où leurs pas résonnaient sur le carrelage. Ils montèrent quelques marches et arrivèrent dans les cuisines d'un des restaurants qui donnaient sur le front de neige. Grégoire était assis sur une chaise, les mains serrées contre lui. À la fenêtre, Mathilde, une de ses amies, fumait une cigarette. Un autre type était accoudé contre l'évier. Grégoire avait le visage blême. En voyant Yann arriver, il s'exclama en balançant la tête en arrière.

— Mais merde, je t'ai dit que ça allait !

— T'es vraiment con, tu pisses le sang, t'as failli gerber, non, ça va pas, fit Mathilde en crachant la fumée à l'intérieur.

Des gouttes de transpiration perlaient le long du visage de Grégoire. Il avait la main droite enroulée dans un torchon.

— Tu devrais t'asseoir par terre et t'allonger, t'auras plus ces vertiges, dit simplement Yann.

À ces mots, Grégoire planta son regard dans ses yeux. C'était un regard bestial, avec une pointe de défi et Yann s'approcha de lui comme il l'aurait fait d'un animal sauvage, blessé et apeuré. Grégoire tremblait.

Alors, il se dégagea de sa chaise, chancelant, en s'appuyant sur l'accoudoir avec sa main valide, et aussitôt ses amis vinrent le soutenir. Joachim déposa deux nappes épaisses sur le sol pour lui servir d'oreiller. Ils l'allongèrent sur le carrelage froid de la cuisine, entre les plans de travail en inox et les éviers. Sans que Yann le demande, Grégoire commença à défaire le tissu gorgé de sang qu'il s'était enroulé autour de la main. Des gouttes éclaboussèrent tout de suite le sol.

— Comment il s'est fait ça ? demanda Yann.

Mathilde lui répondit en reprenant la fin de sa cigarette déposée sur le coin d'un cendrier.

— Il a voulu faire le beau et nous montrer qu'il pouvait entrer par la fenêtre. Il s'est entaillé la main sur le rebord.

Yann s'approcha. Le cadre de fenêtre était en bois effrité

et vieillissant, mais au niveau des jointures, des bandes métalliques paraissaient suffisamment acérées pour trancher la peau si on s'appuyait dessus. De la crasse et de la terre s'étaient accumulées dans les sillons. Il revint aux côtés de Grégoire.

— T'es vacciné contre le tétanos ?

Grégoire leva les yeux au ciel.

— C'est quoi ces conneries encore ?

— Tu devrais, c'est comme ça qu'on le chope. Et y a rien qui va dans ton truc, le torchon que t'as pris il est dégueulasse, tu fous pas un truc sale sur une plaie.

Grégoire ne répondit pas. Yann se frictionna les mains avec du savon. Il s'approcha de la main que Grégoire tenait le long de son corps. La plaie continuait de saigner.

— Je peux ?

Grégoire hocha la tête. Il avait le visage crispé et serrait les dents.

Sa main était salement entaillée à la base des doigts. Yann la tourna un peu dans ses paumes, appuya légèrement sur les doigts.

— Tu sens quand je te touche ? T'arrives à les fléchir un peu ?

Grégoire fit de nouveau oui de la tête.

Yann avait un peu appréhendé de se retrouver face à cette bouillie rougeâtre, à la chair qui en sort et aux tendons déchirés, mais finalement ça allait.

— Il te faudra des points, une dizaine je dirais, fit-il en inspectant plus précisément la blessure. Si tu arrives encore à bouger les doigts c'est que ce n'est pas si grave. Le seul truc que je peux faire, c'est bien laver et désinfecter. Après faudra compresser avec un tissu ou des serviettes propres, en serrant bien. Et puis que tu trouves un médecin qui te recouse.

Grégoire l'écoutait. Yann avait déjà senti ce moment où, parce qu'il en connaissait un peu plus que l'autre, même les plus sceptiques s'en remettaient à lui. Joachim et Mathilde l'observaient et lui apportèrent ce qu'il demandait : une bassine d'eau chaude, un linge propre, un désinfectant. Il fit se relever Grégoire pour laver sa plaie au robinet. Il lui tenait fermement le poignet sous le filet d'eau et le faisait tourner de façon à rincer la blessure. Grégoire se rassit et Yann lui désinfecta la main.

— Yann, tu saurais le recoudre ici si on trouve du fil ? On ne vous apprend pas ça en médecine ? lui demanda Joachim

— Si. Je crois que je devrais être en train de l'apprendre en ce moment même. On avait essayé avec des copains sur un pied de cochon.

Il se tourna vers Grégoire en souriant.

— Tu veux que je tente ?

Il vit un éclair traverser ses yeux.

— T'es con !

Yann pressa un coton imbibé sur l'ensemble de la plaie. Grégoire grimaça. Il lui banda la main en serrant bien avec du tissu propre.

— Qui est-ce qui l'emmène ? demanda-t-il à l'assemblée après qu'il eut terminé.

Ils se regardèrent. Mathilde écrasa son mégot et s'avança.

— Je vais chercher la voiture.

11

Les jours suivants, alors que les prévisions annonçaient un temps dégagé, froid et sec, une brume laiteuse, dense et impénétrable enveloppa la station et demeura presque une semaine. Le brouillard était venu des bois, poussé par le vent qui d'habitude chassait les nuages dans la vallée. Il se divisait en lentes traînées nuageuses qui s'avançaient mollement et venaient lécher les murs, les voitures stationnées, et les tuiles des toitures. Certaines bâtisses proches de la forêt finissaient par disparaître. La brume était si basse qu'elle semblait glisser sur le sol, caresser le bitume et quand, sous l'effet d'un changement de direction du vent, elle s'élevait, elle donnait l'impression de s'évaporer de la terre elle-même. Parfois, on ne voyait pas à trois mètres.

Les remontées mécaniques qui grimpaient aux sommets s'effaçaient elles aussi. Dans le brouillard, elles se confondaient entre elles et les télésièges, poussés par la brise, se balançaient en crissant sous le poids de skieurs invisibles. À la station, les gens se parlaient à voix basse et on arrivait rarement à localiser l'origine des sons, les portes qui claquent, les gonds des fenêtres qui grincent ou les chiens qui aboient. Les bruits pénétraient péniblement l'air épaissi par la brume. Une monotonie terrible s'installait et aplatissait les colères, le sentiment d'injustice et le désarroi. Les humeurs s'étaient tues et les gens ne semblaient même plus essayer d'avoir une emprise sur les choses.

À l'inverse des prévisions, les températures remontèrent à un niveau jamais vu en cette période de l'hiver et l'absence de neige eut ses premières conséquences concrètes. La station, déjà dépouillée et apathique, se vida d'un coup de plusieurs saisonniers arrivés au début de l'hiver.

Yann ne revit pas Grégoire. Joachim lui raconta qu'après s'être fait recoudre aux urgences de la clinique du coin, il n'avait même pas eu le temps de rassurer ses collègues sur l'état de sa main que son patron lui avait annoncé la mauvaise nouvelle, invoquant un cas de « force majeure ». Grégoire avait dû taper dans un mur d'énervement en empaquetant ses affaires, puisque sa plaie saignait de nouveau quand il était reparti. Il n'avait voulu prévenir personne mais la nouvelle s'était répandue. Sans clients, les restaurateurs ne dressaient plus les tables et les gérants de boutiques n'ouvraient plus leurs portes. La poussière et la terre emportées par le vent commençaient peu à peu à se déposer et à s'accumuler sur tous les perrons, sur les devantures, les vitres et les comptoirs.

D'autres départs suivirent. Dans les conversations, la « force majeure » était reprise, brandie et invoquée pour couper court à toutes les protestations. Trois saisonniers qui avaient été embauchés pour la plonge, deux autres qui auraient dû vendre des forfaits ou assurer l'accueil à l'office du tourisme, quelques-uns qui étaient serveurs depuis des années, tous disparurent du jour au lendemain. Seuls les cars qui descendaient dans la vallée transportaient des passagers et ils remontaient à vide. Les promesses de réembauche quand tout irait mieux ne suffisaient pas et certains saisonniers tentaient de s'organiser en vue de poursuivre leurs patrons pour ces décisions abusives, obtenir des dédommagements, garder leur travail jusqu'à la date prévue. D'autres continuaient d'assurer leur poste malgré la vanité de leurs efforts, espérant, priant pour tenir encore rien qu'une semaine ou passer le mois. Ils s'accrochaient à leur contrat et à leur préavis comme des naufragés à un rocher battu par les vents et menacé par la tempête silencieuse qui s'approchait.

Un après-midi, Yann aperçut Charlotte devant l'office du tourisme où s'arrêtaient les bus, avec sa veste et son sac à dos posés à ses pieds. La veille, on lui avait annoncé qu'on ne pourrait plus la payer et qu'on mettait fin à son contrat. Charlotte faisait partie des résignés, elle avait décidé de ne pas se battre et de rejoindre des amis qui habitaient la capitale et pouvaient l'héberger jusqu'à l'été. Elle serait serveuse dans un bar ou garderait des gamins de gens riches. Elle avait les cheveux attachés et affichait un air déterminé. Pourtant, en racontant ses plans à Yann, elle s'était mise à pleurer. Il lui tint compagnie jusqu'à ce que son bus arrive. Charlotte continuait de lui parler, de lui raconter à quel point lui et tous les autres allaient lui manquer, qu'elle se sentait si bien ici, qu'elle ne voulait pas partir. Ils s'enlacèrent et Yann, troublé d'être ainsi le dépositaire de ses adieux, lui fit au revoir de la main jusqu'à ce qu'elle disparaisse elle aussi dans le brouillard.

La situation devint vraiment sérieuse quand la gérante d'une boutique de souvenirs, qui vendait des fausses peaux, des pulls folkloriques, des cartes postales et de l'alcool de mauvaise qualité depuis quarante ans annonça qu'elle fermait, elle, pour de bon.

Ces départs brutaux et contraints firent monter en Yann une vague de nostalgie inattendue. Les moments heureux passés à la station s'éloignaient et il se mit à désirer âprement l'arrivée de la neige pour que cesse l'hémorragie.

Dans la station de plus en plus déserte, Joachim semblait lui aussi contrarié.

La date des neiges les plus tardives approchait, la contenance et le feu qui l'animaient avaient laissé place à une nonchalance et à un état de torpeur que Joachim ne cachait pas. Il avait pris l'habitude de s'installer sur une chaise à la terrasse de l'hôtel et de fumer des cigarettes en interpellant quiconque passait. Il défiait l'hiver et les températures en se promenant en tee-shirt. C'était lui qui faisait le décompte des départs et des mauvaises nouvelles, il en riait et balançait des remarques grinçantes, « on devrait parier sur qui se fait virer en premier », tout en fredonnant *Another One Bites the Dust* dès que quelqu'un partait.

Pour Yann, qui commençait à bien le connaître, il était comme un bel arbre qui s'effeuille, rongé de l'intérieur par des parasites. Les prévisions pessimistes qui s'étendaient devant eux, la hausse récente des températures, l'exode de ses compagnons, tout annonçait que les longues journées d'ennui étaient en train de grandir, de se multiplier jusqu'à tout ensevelir.

Yann s'attardait avec lui sur la terrasse, rejoint par Hervé ou par d'autres. Il apportait des bières, lui parlait, essayait même de le faire rire ou lui annonçait ses prévisions à lui, plus heureuses, comme s'il cherchait à ressusciter l'atmosphère qui aurait dû régner en ces lieux et à faire fuir la mélancolie qui s'y était installée.

Un jour, il le trouva de nouveau là, seul devant l'hôtel. Personne n'était passé aujourd'hui. Joachim roulait une cigarette. Le tabac était sec, il s'effritait entre ses doigts et débordait de la feuille. De petites pelotes jonchaient le sol.

— Je vais partir, dit-il en humectant la cigarette pour la refermer.

Yann qui s'avançait vers lui s'arrêta.

— Je vais partir dès que je peux.

— Hans ne nous licencie pas.

— Je sais, il ne le fera pas d'ailleurs.

— Pourquoi ?

— Parce qu'il est trop attaché aux conditions des gens qu'il embauche. Il serait capable de faire couler sa boîte plutôt que de nous licencier. En même temps, il s'est déjà sorti de merdes financières plus compliquées et il est encore persuadé qu'il peut s'en tirer.

— Non, je veux dire, pourquoi tu pars ?

Joachim craqua une allumette. Il tira une première bouffée.

— J'en ai marre. Même s'il me paye, je me barre. Je fais pas ça que pour la thune, tu vois. Le ski, la saison, l'ambiance, c'est tout ça qui me plaît. Et là c'est la merde, personne le dit mais depuis le début, on se fait chier. On dirait que la station est en train de mourir. Ça ne m'intéresse pas d'assister à ça.

— Tu vas aller où ?

— J'ai chopé un autre contrat, dans une station où il a neigé. Dans les grands domaines, bien plus friqués qu'ici, il neige. Et ils ont besoin de beaucoup de bras après les chutes de la semaine dernière. Un pote m'a filé le plan, j'ai dit oui. Je vais commencer lundi.

— Hans il a réagi comment ?

— Je lui ai pas dit. Et toi, tu vas faire quoi ?

Entre deux bouffées, Joachim se rongeait les ongles. Yann s'installa à ses côtés et, après une lente inspiration, perdit son regard dans le vide. De là où ils étaient, ils voyaient entre deux immeubles la route principale et tout ce qui entrait et sortait de la station. La brume s'était levée et on commençait à entrevoir des morceaux de ciel.

Deux chiens apparurent au coin d'un chalet en jappant et s'approchèrent d'eux, sans prêter attention à leur présence. C'étaient des chiens au poil ras et brun, des bâtards que personne n'avait jamais vus. Ils reniflaient le bitume, pissaient à la gueule des gouttières, au pied d'un des murs de l'hôtel. Ils se tournèrent autour en rondes désordonnées, sans but, s'attrapèrent par la queue puis disparurent.

Yann avait anticipé cette annonce et il redoutait un peu le départ de Joachim tant il lui semblait que c'était lui qui avait ouvert la voie et lui avait permis de se fondre dans la vie de la station. En son absence, il craignait que ce pont entre lui et les autres ne s'écroule. La voix ferme et assurée de Joachim ne trahissait aucune hésitation, sa décision était prise, sans aspérité, comme polie par les heures de réflexion. Pourtant, en écoutant Joachim, Yann ne ressentit ni tristesse, ni amertume. Il comprenait son choix et il ne lui vint pas l'envie de le retenir. Ses paroles n'éveillèrent en lui aucun désir de fuite.

— Je crois que je préfère rester, répondit simplement Yann.

Joachim se tourna vers lui.

— Ah bon ? Et pourquoi ?

Yann leva les yeux, fixant les percées de ciel bleu, et prit son temps pour formuler une réponse aussi intelligible que possible même si, au fond de lui, des impressions et des sentiments confus s'emmêlaient sans former quelque chose de plus net que le désir de continuer à attendre.

— Je ne sais pas. Je n'ai nulle part où aller à part rentrer chez moi. Je pourrais peut-être reprendre mes études, le deuxième semestre vient de commencer. Les trois mois de cours que j'ai ratés, je pense que je pourrais les rattraper. Mais je sens que je n'en ai pas envie.

Joachim se pencha un peu plus vers lui, les coudes sur la table.

— Tu pourrais venir avec moi ! Je suis sûr que je peux te trouver un plan. Ils brassent des millions là-bas, y a des dizaines de bars, de restos, des hôtels cent fois plus grands que ceux d'ici. Des gens qui viennent de partout en Europe et du monde alors qu'ils ne skient même pas. J'ai déjà des potes qui y sont, ce sera facile, on fera ça ensemble.

Yann hocha la tête, comme s'il considérait cette éventualité, mais dans son esprit les paroles de Joachim ne firent rien éclore de neuf.

— En tout cas reste pas là, poursuivit Joachim. C'est pas ça une saison, rien a vraiment commencé, t'as encore rien vu et ici, tu verras rien.

Alors Yann répondit.

— Moi ça me va. Tu sais, si ça se trouve, dans deux semaines, il va neiger, tout va rouvrir. Tout est très incertain, on n'en sait rien. Et si ça reprend, Hans va avoir besoin de nous, mieux vaut que je sois là, je pense. Et je pourrais toujours te rejoindre si je change d'avis.

Joachim ne le regardait plus. Il lui répondit d'une voix desséchée.

— Comme tu veux.

Il avait terminé sa cigarette. Les deux chiens étaient de retour. Ils marchaient comme des débauchés, reniflaient à tout va, se grattaient contre le pare-chocs des voitures. D'un coup, l'un des deux se figea et aboya dans leur direction. Joachim saisit une bouteille de bière par le goulot et la lança. La bouteille éclata à un mètre de la bête, laissant sur le bitume des traces de bière. Le chien s'enfuit en courant et en continuant d'aboyer.

— Tu sais, reprit Joachim, tu es libre, tu dois rien à personne, pas même à Hans. Tu as vu comme ils se débarrassent de nous quand ça devient difficile ? Ces boulots, certains comptent dessus, ils mettent de côté, ils ont des projets. Alors partir pour trouver mieux, quand tu vois que ça sent pas bon, ça fait aussi partie du jeu.

Il écrasa son mégot dans un cendrier qui en débordait. La table en fer était bancale et le poids de sa main la faisait vaciller. Joachim se leva.

— Tu t'en vas quand ? lui demanda Yann.

— Demain matin. J'ai plus envie de traîner par ici. Je vais faire mes bagages et l'annoncer à Hans.

— Je crois que j'ai encore ton livre dans ma chambre. Tu veux passer le récupérer ?

— Tu peux le garder si tu veux. C'est dommage, je t'aime bien. On aurait pu faire des trucs cool tous les deux.

Il tourna les talons. Avant de pénétrer dans l'hôtel, Joachim lui posa une dernière question :

— Pourquoi tu m'as demandé l'autre jour qui était Amandine ?

— Comme ça, je pensais l'avoir déjà vue.

— C'est une amie d'Agnès. Avec Hans, ils ont été ensemble un moment puis ça s'est terminé. Ils doivent se revoir de temps en temps à ce que j'ai compris.

— Ah bon, d'accord.

— Quand vous serez plus que tous les deux, si c'est ça que tu cherches, tu pourras lui poser toutes les questions que tu voudras, il te racontera, il aime bien raconter ses histoires, fit Joachim.

Comme s'il s'était attendu à une réaction plus vive de la part de Yann, Joachim demeura quelques secondes sur le pas de la porte. Yann ne répondit pas, il lui esquissa un léger sourire tout en hochant la tête, ce qui signifiait « je le ferai ».

Avec la levée de la brume, on se rendit compte que de la neige s'était déposée sur les crêtes. Elle tenait et s'accrochait aux pentes sur plusieurs centaines de mètres. La couche était fine et compacte, le tapis neigeux, à peine moucheté de gros rochers noirs, s'illuminait sous le soleil et en reflétait les rayons. Il aurait été trop risqué d'y skier. Même Yann n'y vit aucun signe et ne tira aucune conclusion sur un fléchissement favorable des prévisions. Cela mit juste un peu de baume sur le cœur de ceux qui étaient restés. Yann se promit de tenter de nouveau l'ascension.

Hans fut bien entendu déçu par l'annonce de Joachim. Parce qu'il voulait rompre son contrat sans prévenir, sans laisser de place à la discussion, que c'était une faute et qu'un autre employeur ne l'aurait pas laissé partir tranquille, parce qu'il pouvait mettre l'hôtel en difficulté, parce que finalement il perdait espoir et renonçait. Yann était encore sur la terrasse. Florence le rejoignit. Elle restait, par solidarité et par affection pour le lieu et pour Hans. Ils entamèrent plusieurs discussions mais aucun d'eux n'avait vraiment envie de parler, alors ils écoutèrent le bruit du vent.

Les voix de Hans et Joachim parcouraient l'air et parvenaient jusqu'à eux par une des fenêtres laissées ouvertes. C'était la première fois que Yann entendait la voix de Hans teintée d'une colère qu'il s'efforçait d'étouffer. Ces échos, auxquels il ne pouvait s'empêcher de prêter attention, le marquèrent au point d'inscrire en lui le souvenir d'une scène à laquelle il n'avait pas assisté. Il se représentait Hans, debout, les bras croisés et le regard perçant, Joachim face à lui agitant les mains pour accentuer ses propos et signifier que la situation n'était plus tenable. Et leurs phrases qui s'entrechoquaient, certains mots qu'ils retenaient car ils savaient qu'ils se transformeraient en regrets, un affrontement contenu entre deux personnes qui s'aiment mais que la situation divise. Hans s'exclama plus d'une fois, sa voix portait davantage que celle de Joachim et elle donnait l'impression qu'il aurait le dernier mot. Dans l'esprit de Yann, cette scène lui dessinait un autre visage, un tempérament fissuré et plus rugueux. Il l'attribua aux tensions récentes avec Agnès, à la pression du moment, à l'affection et à la haute estime qu'il portait à Joachim, aux bulletins météorologiques qui n'annonçaient toujours rien.

Puis, les voix s'adoucirent et s'éteignirent, la scène se voila, comme la tension qui occupait l'air jusque sur la terrasse. Quand Hans et Joachim se décidèrent à les retrouver, ils marchaient bras dessus, bras dessous.

Ils s'attardèrent dehors tous les quatre, tandis que le soir renaissait sur la montagne. La brise était tombée et le ciel s'était complètement dégagé. La nuit promettait d'être fraîche et silencieuse. Dans la station, de moins en moins de fenêtres s'allumaient et on mesurait l'ampleur des départs quand des façades entières restaient plongées dans le noir. Pour le départ de Joachim, ils dînèrent de crozets aux poireaux arrosés de vin blanc. Ils avaient épuisé le stock de viande du restaurant, et Hans avait proposé de suspendre les nouvelles commandes tant que les prévisions météorologiques n'annonceraient pas de neige. En cas de besoin, ils en achèteraient au jour le jour à l'épicerie de la station.

Ce soir-là, Hans et Joachim semblèrent au sommet de leur amitié. D'humeur festive et joyeuse, ils entraînèrent Florence avec eux. Yann participa aux conversations tout en se sentant en retrait. Il repensait à la fin de la discussion avec Joachim et au sous-entendu qu'il avait fait, que Hans puisse être la raison première de son désir de rester. Le trouble qu'il ressentait à sa vue et à son contact ne le quittait plus depuis qu'il l'avait vu danser. Joachim l'avait compris et, plutôt que de le nier ou de le contenir, il commençait à l'accepter.

Plus tard, alors qu'il était au bord du sommeil, Yann entendit frapper deux coups à la porte de sa chambre. Après s'être assuré qu'il ne dormait pas, Joachim affirma vouloir récupérer son livre, seul prétexte qu'il avait trouvé pour le rejoindre, s'asseoir dos au mur, dans une position qu'il aimait bien, s'attarder, partager un joint, se rappeler avec Yann certains souvenirs récents, questionner les plans des uns et des autres sans jamais revenir sur la décision de Yann, ni chercher à le convaincre une dernière fois. Le bus de Joachim quittait la station aux aurores et, au milieu de leur discussion, Yann pensa qu'il ne voulait pas emporter avec lui le sentiment qu'ils étaient en désaccord, ni partir sur une mésentente, un froid, un malentendu. S'il ne les couvrait pas d'un dernier souvenir apaisé, il les traînerait avec lui aussi loin qu'il s'en aille.

Et dans l'hôtel, vide de clients, les portes des chambres restaient ouvertes toute la nuit.

12

L'ennui s'accentua, si c'était encore possible. Les journées s'accumulaient, toutes aussi creuses mais le désœuvrement de ceux qui étaient restés était gonflé d'attente et d'une curieuse paralysie. Les gens sortaient moins malgré le beau temps et on n'osait plus rien entreprendre, ni repeindre les devantures des quelques établissements qui ouvraient encore, ni tenter de négocier avec ses assureurs ou réfléchir à une manière d'attirer des clients malgré l'absence de neige, ni partir pour un temps voir si l'herbe était aussi verte ailleurs. On attendait.

Quelques jours après le départ de Joachim, une petite expédition se monta autour d'Hervé, avec les saisonniers rescapés, en vue de gravir la montagne jusqu'à la neige. Ce jour-là, on décida de se lever tôt et de partir à l'aube comme si le temps était compté. Yann s'arracha de son lit, le soleil était à peine levé. Il s'aspergea le visage à l'eau glacée du lavabo de sa chambre et enfila un tee-shirt déjà porté, un pull et une veste. Il emprunta les couloirs silencieux et, apercevant une lumière, s'avança jusqu'au bureau de Hans où ce dernier semblait déjà s'affairer.

— Je vous laisse partir devant, je vous rejoindrai probablement dans la matinée, fit Hans en levant à peine la tête.

— Si tu as besoin d'aide, je peux rester.

Hans s'arrêta, son visage traversé d'un sourire rassurant.

— Non je t'assure, vas-y !

Yann rejoignit le petit groupe après avoir avalé un vieux croissant qui commençait à rassir, et emporta dans son sac du pain, de l'eau et un morceau de fromage. En commençant leur randonnée aussi tôt, ils seraient de retour pour le déjeuner, pensa-t-il.

Dans la montagne, ils avançaient en file indienne, d'abord en remontant le long des pistes, en contournant les forêts, puis en empruntant les sentiers qui serpentaient dans les alpages. Ils gagnaient de l'altitude mètre après mètre et les rayons orangés du matin inondèrent bientôt les massifs d'une lumière pure qui se souciait peu de l'affliction des randonneurs.

Au milieu du groupe, Yann ruminait encore sa décision. Le départ de Joachim avait été comme un appel d'air qui avait fait grandir le vide autour d'eux. Le lendemain, Florence avait annoncé à son tour qu'elle quittait la station. Même s'il sentait que son choix était juste, la proposition de Joachim le taraudait, il la gardait en tête, elle était comme une échappatoire s'il s'avérait que les choses tournaient mal, ou s'il ressentait à nouveau cette envie de fuir.

Ils marchaient en silence. Hervé était à l'avant et donnait

le rythme. L'ascension représentait plus de huit cents mètres de dénivelé et la pente allait croissante. Ils croisèrent encore quelques sapins aux branches clairsemées sur le bord du chemin. La terre avait complètement séché, l'herbe haute ondulait dans une teinte verte, brunie par le soleil. Ils empruntèrent un sentier escarpé que Yann n'avait pas osé suivre quand il avait randonné seul. Il comprenait une section qu'on gravissait à même la pierre, où certains rochers polis par les marcheurs indiquaient où poser le pied, et où l'on s'agrippait à une corde rêche et effilée, accrochée à des anneaux, pour ne pas basculer en arrière. Tous se mirent rapidement à transpirer et à enlever d'abord leur veste, puis leur pull, leurs couches de polaires. On s'arrêta pour boire.

Ils s'étaient attendus à atteindre la neige mais les crêtes avaient été saupoudrées plus que recouvertes. La couche visible depuis la station avait déjà fondu, il ne restait que des traces, des empreintes irrégulières, des lambeaux à l'ombre des roches. Quand on prenait de la neige, elle se liquéfiait sous la chaleur de la main et s'écoulait entre les doigts. Hervé décréta un nouvel arrêt et, comme pour donner de la consistance à son expédition, essaya plusieurs fois de former des boules qu'il jetait sur ses camarades. Elles se désagrégeaient dans l'air comme de la paille et tombaient en pluie fine avant d'avoir atteint leur cible. Yann et les autres avaient la tête ailleurs, ils contemplaient, inspectaient les alentours en silence comme ils l'auraient fait dans un paysage ravagé par une catastrophe. Au-dessus d'eux, les crêtes découpaient le bleu du ciel, sec et vif comme l'acier.

— Depuis la station, on avait l'impression qu'il y en avait plus, fit Solène, une des saisonnières, en faisant crisser une croûte de neige sous ses chaussures.

Elle parla pour les autres qui pensaient tous que ces chutes inattendues avaient amené une neige moins éphémère.

La station avait considérablement rétréci et se nichait sur un petit plateau dans le creux des pentes, un endroit où la montagne s'adoucissait et s'aplanissait avant de basculer de nouveau vers la vallée. On ne distinguait pas les pistes de ski parmi les alpages, seuls des sentiers de terre ondulaient sous les remontées mécaniques, dressées là comme des lignes à haute tension. Hervé promit au groupe que, de là-haut, ils auraient une vue splendide sur les massifs, et que ce temps lumineux et dégagé était une chance pour contempler les sommets et toute la chaîne de montagne.

Ils grimpèrent un peu plus haut et se rhabillèrent en chemin. L'herbe autour d'eux laissa place à de la roche nue, parsemée de graviers, de terre et de pierres qui roulaient sous les chaussures. À mesure qu'ils se rapprochaient des crêtes, le vent se renforçait et, dans l'air rafraîchi, l'oxygène semblait se raréfier. Certaines bourrasques se glissaient sous les capuches, s'infiltraient dans leurs manches et leur cisaillaient les joues. Ils échangèrent plusieurs regards, se jaugeant, espérant voir dans les yeux des autres le souhait partagé de renoncer à monter davantage. On continuait d'avancer, en se serrant les bras le long de la poitrine, la tête penchée, un pas après l'autre. Chacun s'était recroquevillé, se réchauffait de son souffle. Hervé, qui menait toujours le petit groupe, était déterminé à poursuivre, mais ses pas étaient plus hésitants malgré le vent qui soufflait dans leur dos.

Ils renoncèrent avant d'avoir atteint le sommet et décidèrent que les en-cas seraient mangés à la station. Dans leur ascension, ils n'avaient finalement pas pris le temps d'admirer le paysage.

Hans ne les avait pas rejoints. Yann le sentit pourtant avec lui tout au long de la descente. Il se maintenait à l'arrière du groupe, balancé et déséquilibré par le vent quand les autres se réfugiaient derrière Hervé. Il avançait en portant le regard au loin, se disant que Hans aurait tout aussi bien pu grimper par un autre sentier. Il triait ses pensées en marchant, écartait celles qui l'auraient auparavant influencé mais qui ne lui apportaient rien. Chaque pas l'allégeait du doute et le confortait dans son choix. Le souffle de la montagne balayait ce paysage désolé et, quand tout le monde disparaissait ou semblait sur le point de s'en aller, lui se sentait de plus en plus absorbé par ce lieu. Il n'avait aucun désir de foule ou d'agitation et il s'inquiétait de moins en moins de l'absence de neige. Une conviction et une détermination profondes naissaient dans le creux de son ventre et grandissaient de jour en jour, nourries par l'impression, la certitude, qu'il se passait là quelque chose.

Quand Yann parvint devant l'hôtel, après avoir salué ses compagnons de route, le ciel s'était couvert et le vent des crêtes était descendu avec eux. Hans pianotait sur son ordinateur, assis sur le muret, dans la même position que le soir où il lui avait montré pour la première fois les cartes météorologiques. Yann s'avança vers lui.

— Tu ne nous as pas rejoints finalement.

Hans releva la tête. Il s'arrêta et ne dit rien. Puis il ouvrit grands les bras pour s'étirer et se passa la main sur la nuque, faisant craquer ses membres engourdis.

— Je me suis installé là pour profiter de la lumière du jour. Comment était la balade ?

— Bien. Il fait froid là-haut.

Hans ferma son ordinateur et le mit de côté.

— Je dois te dire quelque chose.

Yann s'approcha, déposa son sac à dos quasiment vide et grimpa sur le muret pour s'asseoir à côté de lui. Le vent s'intensifiait et les poussait dans le dos. Il allait pleuvoir. Yann devina ce que Hans allait lui annoncer.

— Je ne peux pas te garder.

Yann laissa s'échapper un sourire. Parce qu'il avait vu juste, parce que Joachim s'était trompé.

— C'est à cause de l'argent ?

— Oui. Je n'ai plus de quoi te payer.

Hans le regardait dans les yeux, semblait guetter une réaction, un soubresaut, mais Yann ne répondit rien.

— Si je veux préserver l'hôtel, je dois prendre des décisions qui me déplaisent. Je comprends que ce soit difficile pour toi, tu comptais probablement sur ce travail et sur ce salaire. Je suis désolé.

Yann fit rapidement le compte et conclut qu'il avait gagné plus d'argent en trois mois qu'il n'en aurait reçu en un an d'externat.

— La situation est grave ? lui demanda-t-il.

— Pour qui ? pour moi ?

— Pour l'hôtel. Tu vas devoir le vendre ?

Hans ne répondit pas tout de suite.

— J'ai passé la journée au téléphone avec Agnès. On a beaucoup discuté et j'ai fini par accepter. Elle a raison.

— C'est-à-dire ?

— La situation n'est vraiment pas bonne.

Le vent s'était encore renforcé et faisait danser les sapins à la lisière de la forêt.

— Tu me licencies alors, c'est bien ça ? lui demanda Yann.

— Oui.

— Mais, est-ce que tu me demandes aussi de partir ?

— Je ne comprends pas.

— Je veux bien que tu arrêtes de me payer. Je le comprends et je suis même étonné que cela n'arrive que maintenant.

— Tu, qu'est-ce que tu…

— Mais je peux rester, je veux bien continuer à t'aider. À fermer l'hôtel, terminer les trucs à faire, boucler tout ça. J'aurais juste besoin d'un lit en échange.

Hans semblait sur le point de répondre, ravalait ses paroles, avant qu'une autre idée ne jaillisse dans son regard, puis qu'il se réfrène. Alors Yann poursuivit.

— Je reste jusqu'à la date des neiges tardives. S'il ne neige pas à ce moment-là, je m'en irai.

— Ce n'est pas possible.

— Pourquoi ?

— Parce que c'est à moi de décider ! Tu es mon employé, c'est moi qui décide qui j'embauche, pour combien de temps, quand et dans quelles conditions je peux mettre fin à un contrat.

— Mais je te dis que je n'ai plus besoin d'être payé. Je veux juste rester.

— Pourquoi tu veux rester ? Ça ne se passe pas comme ça, tu ne peux pas rester et que j'arrête de te payer.

— La chambre sera mon salaire. Je sais que je peux encore être utile. Et ça va te paraître peut-être étrange, je ne devrais pas te dire ça, mais je me sens bien ici, quand tout le monde se barre et veut fuir ce chaos, moi je me sens bien. C'est bizarre, je ne comprends pas, mais c'est comme ça.

Hans ne répondit pas. Il le regardait d'un air sévère. Il avait remonté ses manches. Ses mains, les muscles de ses avant-bras et ses épaules étaient tendus, crispés.

— C'est un peu comme du *Wwoofing*, tu connais ? C'est des gens qui vont faire du volontariat dans des fermes bio ou familiales. Tu en as déjà entendu parler ? poursuivit Yann.

Hans se mordit la lèvre pour réfréner un sourire. Yann sentit la faille. Un souffle de confiance gonflait en lui comme s'il avait trouvé une source au milieu du désert.

— Mais ce n'est pas une ferme bio, répondit Hans, c'est un hôtel qui est en train de pourrir et dont il faut que je m'occupe.

— Ça marche aussi. On sera les premiers à tester le volontariat en conditions de faillite !

— Ça ressemble quand même pas mal à de l'exploitation ton truc. En plus de devoir liquider tout ça, je vais me taper un procès pour travail dissimulé.

— Tu diras que l'idée venait de moi, que j'étais consentant.

— Attends, tu ne sais même pas dans quoi tu veux t'embarquer là. Je me prépare à passer des semaines dans de la paperasse, à faire l'état des comptes, à regarder en face ce que j'ai foiré. C'est comme si j'allais fouiller dans ma propre merde. Je vais subir des rendez-vous où je vais me faire étriper. Ça ne va pas être drôle.

— Tu sais, j'en ai passé des nuits à gérer de la merde à l'hôpital. Même débutants, on est parfois tout seuls, on apprend à se débrouiller. Je suis sûr que je te trouverai des parallèles et que je te serai utile.

Hans s'arrêta un instant, son visage s'était détendu, comme amusé, il paraissait se réjouir de cette discussion.

— C'est n'importe quoi ce que tu me proposes. Mais en même temps, qu'est-ce que tu veux que je trouve à répondre à une proposition si convaincante, si argumentée et si finement formulée. Je ne sais pas comment on peut te refuser quelque chose, à toi.

Soudain, un vrombissement arriva dans leur dos. Un rideau de pluie assourdissant s'abattit sur eux, une averse épaisse qui s'écrasait à grosses gouttes, de l'eau alourdie et empâtée qui n'avait pas terminé sa métamorphose. En quelques secondes, elle pénétra leurs vêtements. Hans saisit son ordinateur et ils sautèrent tous les deux du muret pour se mettre à l'abri. La terrasse s'assombrissait. « Ça me donne au moins dix jours », pensa Yann en s'engouffrant dans la salle du restaurant déjà plongée dans l'obscurité.

Hans ne revint pas sur la proposition de Yann et, quand ils reprirent leur conversation, après s'être séchés et assurés que l'ordinateur fonctionnait toujours, ce fut pour lui donner plus de détails sur l'ampleur des difficultés financières de son hôtel. Ils s'étaient assis à une des tables où plus personne ne s'asseyait et ils parlaient à voix basse comme s'ils ne voulaient pas que leurs paroles résonnent dans la salle vide.

Depuis que Hans avait repris l'hôtel, il y avait eu des années fastes, où l'abondance de neige et la longueur de la saison avaient permis de ne pas compter et de gérer l'établissement avec insouciance. L'hôtel était plein de mi-décembre à mars, les deux services, midi et soir, souvent complets. Hans remboursait son prêt sans se poser de questions et balayait d'un revers de main – un geste qu'il rejoua à Yann pendant son récit – les suggestions que lui faisaient les autres gérants de la station pour réduire les coûts. L'établissement traversait les saisons jusqu'à ce que le printemps le dépouille de ses occupants.

Et puis un jour, on avait découvert un trou. Une dette qui avait surgi d'une lettre recommandée comme une maladie qui n'existe pas avant son diagnostic et à laquelle on ne veut pas donner d'importance. Hans l'avait d'abord minimisée et ne s'en était pas occupé comme il aurait dû, convaincu que, comme sa dette à la banque, celle-ci se comblerait toute seule. Yann ne comprit pas vraiment la suite où il était question d'Agnès et de renégociation de contrats, d'échelonnement et de termes anglais qui devaient vouloir dire qu'on faisait autant avec moins. Hans poursuivait son récit, en citant çà et là des chiffres et des pourcentages, se corrigeant lui-même à plusieurs reprises mais persévérant, pour aller au bout de son histoire, comme s'il se la racontait d'abord à lui-même et cherchait à comprendre, une fois encore, comment il en était arrivé là, à remettre les choses en ordre pour s'assurer que, dans cet apparent fiasco, il comprenait quelque chose.

Yann considéra les confessions de Hans et son besoin apparemment vital de partager ce qui le rongeait comme une réponse positive à sa proposition.

Lorsque Hans se tut, la pluie s'était arrêtée. L'averse n'avait pas été annoncée et ils avaient imaginé un temps que, si elle avait duré, elle aurait pu se transformer en neige à la nuit tombée grâce à la chute des températures. Mais le froid ne saisit que les flaques et l'humidité qui imbibaient la terre puisque le ciel était maintenant dégagé et qu'on pouvait voir les étoiles depuis le restaurant.

Ils dînèrent tous les deux, d'un reste de potée congelé par Florence plusieurs semaines auparavant. Yann s'échappa ensuite à la lueur des lumières de l'hôtel, pour s'aérer, sentir l'air dense et l'odeur de la terre humide imprégner ses narines, toucher la glace qui avait dû commencer à se former sur le parebrise des voitures, sur le rebord du muret et sur les brins d'herbe. Les planches de bois qui composaient la terrasse devenaient glissantes et il chancela à plusieurs reprises sans pouvoir s'appuyer sur les semelles usées de ses chaussures. Le froid le mordait comme au soir du nouvel an et Yann avança vers la pente pour la gravir jusqu'au promontoire, en gardant les mains dans les poches de sa veste.

La conversation avec Hans et plus largement les décisions qu'il avait prises l'éprouvaient plus qu'il ne l'aurait cru. La proposition qui avait jailli de ses lèvres et à laquelle il n'avait pas consciemment réfléchi s'appesantissait en lui comme un sentiment inavouable. Elle lui faisait prendre conscience que la présence des autres saisonniers, son introduction dans ce nouvel environnement social et les heures passées en leur compagnie, la chaleur de Joachim et l'amitié qui s'était tissée entre eux pesaient finalement bien peu face à l'envie profonde qu'il avait de rester. Et ce n'était ni la beauté de la montagne, ni la crainte de revenir dans la ville qu'il avait quittée, ni même le désir de rester près de Hans.

Yann voulait voir. Il voulait assister, être témoin de ce qui allait advenir, continuer à vivre, à s'imprégner, à arpenter cette station et ce recoin isolé de montagne qui, chaque jour, se vidaient, se retiraient et s'effaçaient un peu plus du monde. Il se sentait empli d'une excitation et d'une impatience sourdes, investi d'une mission d'observateur des événements, du basculement en cours, comme un gardien de phare contemple la tempête, fasciné par l'ampleur des ravages à venir. Il ne s'accrochait pas à ce rocher comme on résiste aux vagues qui s'y fracassent et aux courants qui nous entraînent vers le fond, qui avaient emporté Joachim, Charlotte, Florence et tous les autres. Le courant le caressait et lui filait sur la peau et entre les doigts sans avoir de prise.

La station était déserte et le ciel illuminé d'étoiles semblait avoir repoussé les nuages qui s'étaient amoncelés plus tôt dans l'après-midi. Le froid acéré figeait le sol et déjà les brins d'herbe se mettaient à craquer quand Yann marchait dessus. Seules deux ou trois cheminées crachaient de la fumée, quelques fenêtres éclairaient les ruelles de la station, on entendait encore quelques signes de vie. Une dizaine d'individus devait encore rester là.

13

Pendant une semaine, des masses d'air glacé venues du nord succédèrent aux pluies humides, gorgées des eaux chaudes de l'océan, sans que jamais les phénomènes ne se croisent ou ne se superposent. Les quelques personnes qui demeuraient en station et que Yann et Hans croisaient n'acceptaient pas de ne plus rien comprendre, de ne plus rien maîtriser. Ceux qui restaient étaient les plus aigris, les plus hargneux, rongés par la crainte de tout perdre ou par le désespoir d'une vie de travail déjà en ruine. La tendance à se calfeutrer et à s'isoler se répandait comme une maladie, chacun préférant traverser seul cette saison. La petite épicerie, qui était encore le seul endroit où l'on pouvait rencontrer d'autres êtres humains, n'ouvrait plus qu'une demi-journée par semaine pour réduire les coûts. Les plus grands établissements et les chaînes d'hébergement s'étaient mis en veille, espérant traverser cette mauvaise passe pour rouvrir dès que la situation serait revenue à la normale. Les prévisionnistes qui habitaient non loin de la montagne et ne se fiaient pas aux bulletins nationaux trouvèrent dans cette anomalie tout à la fois la limite de leur métier et la source de leur vocation, une réalité et un monde toujours fuyants dont la lecture et la compréhension sont une ambition sans cesse renouvelée.

Hervé avait aussi fini par partir. Gustave continuait ses allers-retours depuis son village, sur une route où ne s'aventurait plus aucune voiture. Il s'étonnait de voir ainsi la station se dégarnir quand, dans son village, cela n'avait finalement pas changé grand-chose. Hans, Yann et lui discutaient quand il venait frapper trois coups à la porte de l'hôtel, et Gustave promit qu'il irait voir le maire pour faire « bouger la situation ».

Yann essaya plusieurs fois de prendre des nouvelles de Joachim mais ses appels résonnaient dans le vide. Il apprendrait plus tard que Joachim n'avait pu profiter de la neige qu'une poignée de jours. Le soleil puissant qui s'était maintenu sur la région avait fait fondre toutes les couches accumulées sur les grands domaines, dont on avait promis qu'elles tiendraient le reste de l'hiver. À renfort de canons et d'usines à neige grandes comme des containers, on avait lutté contre la fonte et poussé les domaines dans leurs derniers retranchements. Les gens acceptaient de skier sur de la boue en bas des pistes et cherchaient à ressentir, malgré la situation, ce pour quoi ils avaient payé, ce qu'on leur avait garanti. Les stations et les vacanciers persévérèrent jusqu'à ce qu'une fillette s'ouvre le crâne sur une roche affleurante. Face au pessimisme des prévisions, même les stations les plus fastueuses se résignèrent et stoppèrent leurs remontées.

Et cette fois-ci, c'était le patron de Joachim qui avait mis fin à son contrat.

Quand la station fut complètement vide, l'attitude de Hans changea. Yann avait craint de s'être trompé à son sujet, de se retrouver seul avec un homme qui le fascinait, mais qui aurait pu s'avérer colérique ou changeant. Il s'était habitué à ses longues absences, elles lui avaient permis de vivre ses premières semaines là-haut avec insouciance et dans une liberté normalement impossible. Mais auraient-elles la même saveur s'ils se retrouvaient tout à fait isolés tous les deux dans une station déserte ?

Les difficultés financières auxquelles il se confrontait semblaient l'apaiser. Il en reparlait à Yann avec calme et discernement, comme s'il acceptait cet avenir incertain. Yann se dit que sa présence devait y être pour quelque chose, pas parce qu'il lui prodiguait des conseils ou parce qu'il s'y connaissait en affaires, mais parce que certaines personnes sont rassurées d'être avec quelqu'un.

Ils s'installaient de longues heures dans le bureau de Hans, lui triant, accumulant les feuilles volantes, passant parfois des coups de fil et Yann cherchant dans des dossiers les preuves de la faillite, des documents, des factures, grâce aux maigres indices fournis par Hans. Il lui proposa de reprendre la classification rigoureuse qui avait été suivie au début et dont il restait des traces. C'était un travail effectué avec une application lente, de l'artisanat administratif que la présence de Hans suffisait à rendre paisible et agréable. Yann sentait chaque jour un peu plus le désir qui s'éveillait et se diffusait jusque dans le bout de ses doigts.

Hans levait parfois la tête pour partager avec lui le fruit de ses réflexions, s'étonner de le voir rester auprès de lui pour une tâche si ingrate.

Il y avait là une matière dense et absorbante, et Yann reconstituait les années qui s'étaient écoulées à l'hôtel depuis que Hans l'avait repris, les chantiers d'extension et de transformation, la réfection du toit, le nom des saisonniers qui l'avaient précédé, certains restés quelques mois et d'autres revenus d'une année sur l'autre, les commandes de nourriture, l'évolution des menus et des sociétés de ménage. « J'ai changé plusieurs fois sur les conseils d'Agnès », précisait Hans. Yann continuait de consulter, pour lui, les prévisions météorologiques, dans un geste devenu mécanique, comptant les jours sans réellement croire à la venue de la neige. Ils ne parlèrent plus du temps qu'il faisait.

Puis la date des neiges les plus tardives arriva.

Ce matin-là, Yann se réveilla avec un sentiment de fin du monde. Sans même se lever de son lit, il savait qu'il n'avait pas neigé. Jusque dans sa chambre, l'air était moite et pesant. Il n'allumait plus le chauffage, espérant ressentir chaque matin la morsure du froid en ouvrant grandes les fenêtres. Il était encore tôt et le soleil n'avait pas émergé par-dessus les crêtes. Une mince brume flottait autour de l'hôtel et, en plongeant la tête dehors, Yann ne distinguait pas l'origine des sons. Les aboiements des chiens et le chant lancinant des oiseaux peinaient à couvrir un silence suspendu comme les secondes après un tremblement de terre. La brume éteignait les couleurs, les forêts, et les alpages normalement si pleins et gorgés de vert ne renvoyaient qu'une lumière écrasée. Il posa la main sur le radiateur en fonte sur lequel perlaient des gouttes plus tièdes que la rosée. Il n'y avait pas de différence de température avec l'air ambiant. Il devait faire au moins quinze degrés.

Il pleuvait. Une pluie printanière, fine et légère, si aérienne qu'elle semblait flotter, se déposer sur les chalets et le rebord des fenêtres, prête à repartir.

Yann s'habilla. Il enfila une veste et sortit dans les couloirs. Hans n'était pas à son bureau. Il l'appela, dévala les escaliers. Les cuisines étaient désertes. Il parvint à la réception où la porte de l'hôtel était ouverte aux vents et à la pluie. Le crachin se glissait à l'intérieur et parvenait jusqu'à lui, effleurant son visage. Il plissa les yeux et sortit.

Il marcha d'abord d'un pas assuré, avec l'intention de se rendre dans les lieux de convergence de la station, dans les restaurants qu'ils avaient fréquentés ou chez Hervé, sur les terrasses face au front de neige, puis il ralentit, car tous ces lieux étaient vides, clos et délaissés. Hans ne s'y trouverait pas. La visibilité était mauvaise, la pluie commençait à imbiber ses cheveux et à se glisser sur sa nuque. Le bitume semblait s'abîmer de jour en jour, se fissurer et se déformer sous la poussée des mottes d'herbe. Tous les chalets avaient les volets fermés. Yann vérifia que la camionnette de Hans stationnait encore sous le porche. Alors, tournant les yeux vers la montagne, il le vit, debout au milieu des pistes, dos à la station. Yann lui trouvait une ressemblance avec le « voyageur contemplant une mer de nuages ».

Il gravit à son tour la pente et s'approcha de Hans. Son

pas était lourd, il crut que de la terre s'accrochait à ses chaussures. Il dérapa, faillit tomber et se rattrapa avec les mains qui se couvrirent d'herbe et de boue. À travers la pluie, il appela Hans qui se retourna et lui fit signe de le rejoindre.

Yann parvint à ses côtés. Ils étaient tous les deux debout face à la montagne, sous la pluie, sans rien pour se protéger. Alors, Hans poussa un cri, un cri maladroit et gauche mais qui venait du fond de son cœur, un cri déchirant, grave, imprégné du doute, de l'inquiétude et de tout ce qu'il était en train de perdre. Il s'arrêta et ils écoutèrent tous les deux son écho, faible, lointain et amorti par la pluie.

Hans lui murmura, dans un sourire – il souriait tout le temps :

— Tu dois te dire que je fais comme dans les films. Il paraît que crier ça allège et ça apaise. Je pensais me sentir mieux après ça, mais ça ne doit pas marcher avec moi.

— En général, on crie quelque chose ou on s'adresse à quelqu'un.

— Qu'est-ce qui te dit que ce n'était pas adressé ?

Ils se regardèrent, un peu amusés. Les yeux de Hans pétillaient. Les gouttes d'eau perlaient sur ses joues et s'accrochaient à ses cils, à la commissure de ses lèvres. Par-delà la douceur de son visage, Yann percevait les tiraillements, le conflit, la dureté de ce qu'il affrontait. Et en même temps, montait en lui l'impression profonde qu'ils vivaient là, tous les deux, un instant de vertige. Un fil s'était tissé entre eux, et ce matin, il pouvait le toucher, le caresser et sentir sa consistance.

— Est-ce que tu veux encore rester ?

Yann lui sourit et hocha la tête. Hans semblait radieux. Plus tard, Yann lui découvrirait des traits de naïveté et d'insouciance, une approche sereine et presque juvénile des jours et de ce qui se passait. Ils se rapprochèrent et s'enlacèrent, et cette embrassade ouvrit une porte qu'ils ne cessèrent de franchir les semaines suivantes.

14

L'absence de neige et l'arrivée précoce du printemps, des sommets les plus hauts aux vallées les plus froides, marquèrent fortement les esprits cette année-là. Les plaines et les vergers fleurirent avec un mois d'avance sous la persistance des températures douces et de faible amplitude.

Yann et Hans ne reçurent pas beaucoup de visites dans cette petite station de montagne dont la rumeur disait que ce serait sa dernière saison. Des voitures égarées ronronnaient parfois dans les ruelles, ralentissaient devant les vitrines sans vie, devant les volets clos et les herbes folles qui se balançaient sur les pistes. Elles redescendaient sans s'arrêter pour confirmer à tous que ce qui se disait était vrai, qu'ils l'avaient vu de leurs propres yeux.

Agnès devint leur seul lien avec le reste du monde. Elle leur rendait visite et ils discutaient longuement avec Hans de la situation de l'hôtel, de l'état des comptes, de la procédure à suivre et de la manière de se protéger, de rebondir. Elle ne s'étonna pas de la présence de Yann – soit elle avait deviné, soit Hans le lui avait dit – et aborda à plusieurs reprises la possibilité de se rapprocher elle-même d'un repreneur, éventualité que Hans ne considéra pas vraiment. Certains jours, ils s'absentaient tous les deux pour se rendre chez leur comptable en centre-ville, ou chez le notaire dont le bureau faisait face à l'agence d'Agnès. Les rendez-vous duraient souvent plusieurs heures et Yann en profitait pour s'échapper, lui aussi, hors de l'hôtel.

Ces murs avaient abrité un mal resté longtemps indécelable. La bâtisse lui apparaissait certaines heures comme un refuge, une tanière où il se sentait à l'écart et apaisé. D'autres fois, dans l'obscurité de ses couloirs, l'enchevêtrement des chambres, l'enfilade de portes, de coursives et d'escaliers où les lumières s'allumaient de façon aléatoire, Yann craignait que ce soit elle qui, à la fin, ne les laisse plus partir, qu'elle devienne leur antre, leur caverne et qu'elle se referme sur eux. Il lui arrivait, au hasard de ses déambulations, d'ouvrir grandes les fenêtres des chambres pour faire entrer le dehors, créer des courants d'air qui lessivaient les cloisons et la moquette, balayaient l'air moite et concentré, imprégné de résine et de poussière. En la contemplant de l'extérieur, depuis le surplomb de la pente, la bâtisse retrouvait son apparence un peu disloquée et inoffensive.

Pour pénétrer dans la forêt, Yann empruntait toujours le même sentier et s'en écartait à des endroits différents. Il avait arpenté les alentours de la station à plusieurs reprises et pensait s'y repérer et se représenter dans le détail les clairières, les essences de bois, les terriers couverts de mousse et les vieilles souches qui abritaient de temps à autre des renards ou des blaireaux, les monticules où fleurissaient des fougères et des arbustes. Comme d'autres, il avait sillonné la montagne, guidé par les récits de Gustave ou d'Hervé, les histoires désordonnées et enflammées de saisonniers qui s'étaient retrouvés aux confins de la vallée après une journée de hors-piste.

Hans lui parla aussi d'un torrent. Un cours d'eau différent de celui que Yann connaissait, un autre, qui s'élargissait en descendant vers la vallée et qui dans certains coudes se calmait et était assez profond pour s'y allonger et s'y immerger entièrement. Il fallait suivre le chemin et s'enfoncer plus loin que Yann était allé. On débouchait ensuite sur une piste qui perçait la forêt et servait normalement au ski de fond, pour poursuivre sur plusieurs centaines de mètres jusqu'à un vieux pont en pierre. Un mince filet d'eau ruisselait en dessous. Il gelait en hiver et la reprise de son écoulement annonçait le printemps. En le longeant, en se frayant un chemin au travers des branches et des roches couvertes de mousse, on parvenait au torrent dans lequel il se jetait. Lors d'une journée plus moite que les autres, couvert de sueur, Yann le découvrit, se sentant comme un explorateur à la poursuite d'un trésor.

L'eau était glacée, elle apportait une fraîcheur éthérée et délicieuse. Il s'en aspergea les bras, en passa sur sa nuque et y plongea les pieds pour estimer le temps qu'il pourrait rester immergé. Il les enfouit dans la terre, entre les cailloux, dans le lit du ruisseau et imagina s'y baigner entièrement nu, enlever le pull qu'il portait à même la peau. Il se voyait détacher sa ceinture, enlever son pantalon et son caleçon, les déposer en tas sur le gué, sentir le contact de l'eau lui mordiller les genoux, les cuisses et le frisson remonter le long de son corps, et s'allonger dans le ruisseau, la tête contre une roche qui affleurait, le regard tourné vers la cime des arbres. Il entendrait l'eau couler sous ses oreilles et sentirait son corps se tendre, le sang affluer partout pour contrer le froid qui le gagnait. Il serait attentif aux sons de la forêt, peut-être que des animaux l'observeraient, intrigués et inquiets, peut-être qu'un autre randonneur passerait par là et le surprendrait. Il retrouverait là les sensations des premiers bains de l'année, dans les criques de la Méditerranée.

Au retour de Hans, Yann se sentait plein de désir, aiguisé par ses quelques heures d'absence.

Les nuits passées ensemble étaient peuplées d'étreintes, de leurs corps enlacés et du feu qui courait sous leur peau. C'était au cœur de la nuit que Hans était le plus bavard. Il digressait dans le noir sur l'avancée des affaires, l'impression qu'il trouvait avec Agnès un terrain d'entente, qu'après tout il ne risquait rien, que c'était peut-être une bonne chose qu'il se débarrasse de ce patrimoine, de cet édifice qu'il avait mis tant d'années à redresser. Certaines nuits étaient plus confiantes que les autres. Il lui parlait aussi des gens qu'il avait rencontrés et qu'il aimait, il lui racontait parfois ses autres amants et ses amours de jeunesse, la fois où il avait fait l'amour à l'ombre d'un chêne, ou ce vieux marin qu'il avait suivi de port en port quand il avait sillonné l'Europe. La tête posée contre la paume de la main, Yann l'écoutait, lui posait de temps à autre une question, gagné par le sommeil. Les pointes de jalousie qui naissaient en lui finissaient par s'évaporer au fil de ses récits, qu'il appréciait comme des confidences ou des invitations.

Une nuit, Hans demanda à Yann pourquoi il était parti. Il voulait connaître les raisons profondes, les vraies, pas celles qu'il lui avait déjà racontées. Ce qui l'intéressait, c'était ce qu'il avait ressenti, ce qui l'avait poussé à prendre son téléphone, à envoyer des candidatures, à dire oui à la première proposition et à sauter dans un train alors qu'il avait toutes ses prochaines années tracées devant lui.

Yann se rallongea, la tête contre l'oreiller, et contempla la charpente et le plafond à travers l'obscurité.

— Je ne sais pas trop. C'est venu d'un coup, lui répondit-il. Il n'y a pas eu d'éléments déclencheurs. Je ne me suis engueulé avec personne, je n'ai pas eu de révélation, je n'ai rien appris qui m'ait heurté ou qui m'ait blessé. Ça se passait moyen à la fac, je m'en sortais, je galérais un peu, surtout par rapport à d'autres, à ma copine…

— Anne-Lise ? fit Hans.

Yann hocha la tête.

— … mais je savais qu'au fond, j'allais finir par y arriver. C'est peut-être ça qui m'a fait peur.

Yann s'arrêta un instant. Il passait ses lointaines émotions au tamis et se replongeait dans les jours d'avant son départ pour n'en garder que ce qui l'avait poussé à partir.

— Personne ne m'a rien dit, il ne s'est rien passé. Je pensais que j'avais trouvé un équilibre. J'avais le choix, j'habitais chez Anne-Lise ou chez mes parents. J'avais hésité à prendre un appart, mais finalement je pensais que ça m'allait comme ça, je leur faisais dépenser moins d'argent. Et Anne-Lise m'avait fait toute la place qu'il me fallait. De l'extérieur, ça allait, on se voyait tous les jeudis soir avec des potes du lycée au même bar, je m'étais fait plein de potes à la fac, je pense qu'on me voyait comme quelqu'un de cool, je disais jamais non. Pour les études, Anne-Lise m'aidait beaucoup, elle me motivait, me filait ses cours, on discutait des stages. Et pourtant, j'ai eu envie de partir. Comme ça, comme si j'étouffais petit à petit et que je m'étais aperçu que je manquais d'air au moment même où j'allais tourner de l'œil. Je ne comprends pas trop pourquoi. Ça me fait penser aux grenouilles qu'on plonge dans l'eau froide et qui ne se rendent pas compte que la température monte, monte doucement, jusqu'à ce qu'elles meurent ébouillantées. Il fallait que ça s'arrête, il fallait que je parte. J'ai ressenti à peu près cela. Anne-Lise, mes parents, mes amis, mes meilleurs amis, ce n'était la faute de personne mais j'en avais marre de tout le monde. Je crois que ça faisait longtemps que cela durait mais je ne le regardais pas. Je me disais que c'était ce qu'il me fallait. C'est bizarre, non ?

— Je ne trouve pas. Et pourquoi venir travailler ici ? Tu aurais tout aussi bien pu partir pour voir du pays, voyager, prendre ton sac à dos, un billet d'avion et t'en aller en Asie ou dans je ne sais quel autre coin du monde.

— Oui j'ai des amis qui ont fait ça, des années sabbatiques. C'est même plutôt bien vu aujourd'hui.

— Mais ce n'était pas ça que tu voulais ?

— Non. J'avais même un peu de mépris pour les gens

qui partent, qui font des tours du monde et reviennent transformés.

— Alors quoi ?

Yann ne répondit pas.

— Désolé, je t'emmerde avec mes questions.

— Non, pas du tout, c'est juste que je ne sais pas. En vrai, la montagne, le ski, c'est vraiment pas le milieu duquel je viens. C'est peut-être ça que je cherchais. D'où je viens, je traîne qu'avec des futurs médecins ou des scientifiques, des gens qui savent ce qu'ils veulent ou qui ne disent pas qu'ils ne savent pas. Je n'ai jamais fait de petits boulots, juste aidé quelques potes l'été. Et je n'ai jamais fait de ski.

Yann réfléchit deux secondes.

— Il y a peut-être cette fois, à une soirée, où un type qui revenait d'une saison m'avait raconté ce qu'il faisait. Ça a dû me rester en tête, sans que j'en sois conscient. Et j'y ai probablement repensé comme une des possibilités pour partir. Si ça n'avait pas été ça, c'aurait été autre chose.

Hans s'était redressé et installé sur le flanc, la tête posée contre sa main. Ils avaient interverti leurs positions.

— Tu sais, au départ, je ne pensais pas te prendre. La saison n'avait pas vraiment démarré et ça faisait plusieurs années que j'embauchais Joachim un peu en avance. J'avais lu ton mail et ta demande me paraissait assez, comment dire, curieuse. Parce que tu m'avais écrit que tu étais étudiant en médecine, je m'étais attendu à ce que ce ne soit pas vraiment sérieux, comme une décision prise à la légère. J'avais en tête de te faire attendre, de te dire que je te rappellerais quand la saison aurait démarré. Et puis, quand j'ai entendu ta voix au téléphone, je ne sais pas, quelque chose m'a touché. Tu étais clair, posé, réfléchi. Et ta demande est devenue intrigante. C'est comme si j'avais ressenti, comme si j'avais compris ton désir de fuite, ton appel à l'aide en quelque sorte. Je pense que c'est pour ça que je t'ai dit oui. Je suis content de ne pas m'être trompé.

Yann sourit dans le noir. Il sentait aussi son cœur se serrer à l'idée que Hans ait d'abord pensé refuser de l'embaucher.

— J'ai eu de la chance alors, parce que je ne savais pas du tout ce que je faisais. C'est comme si j'avais fait ça en étant bourré, ou comme si c'était un rêve. Ça reste flou et nébuleux dans ma tête.

Hans caressait le torse de Yann avec le dos de sa main, remontait le long de son cou, descendait. Parler, se livrer et mettre à nu le fond de leurs pensées semblait attiser son désir.

S'il avait déjà couché avec des hommes, Yann n'aurait jamais imaginé aimer autant se blottir contre l'un d'entre eux. Aux côtés de Hans, il avait l'impression de s'ancrer, de grandir, il se nourrissait, s'emplissait de l'attention et de la tendresse qu'il lui portait, tout en sachant que ces instants étaient éphémères, une réalité fragile qui avait eu si peu de chances d'advenir. Ils faisaient de nouveau l'amour ou bien ils se rendormaient sans se soucier du temps.

Au matin, Hans s'échappait de la chambre, la journée plus ou moins avancée, pour se remettre à sa tâche. Yann était libre de lui tenir compagnie ou d'arpenter les jours comme bon lui semblait.

À la station, les journées s'allégeaient et le souffle du vent était habité par les caresses de Hans. Le printemps semblait les avoir rejoints. Dans l'herbe moelleuse, Yann s'étendait de longues minutes pour se laisser happer par le ciel et par les traînées blanches des avions. Sur son chemin vers le ruisseau et à l'ombre des bois, il avait l'impression de flotter par-dessus le sentier, les couleurs de la forêt avaient retrouvé leur éclat, la terre devenait plus meuble et les odeurs lui parvenaient avec une délicatesse inconnue, comme le goût de la rosée du matin. Étrangement, avec le retour de la douceur remontait aussi l'envie de ceux qu'il avait laissés. Ses amis d'enfance, ses amis de la fac, Anne-Lise, ses parents, un désir non de retrouver sa vie d'avant mais l'impression qu'il y avait bien chez eux quelque chose qu'il aimait. C'était parfois le souvenir d'un moment passé ensemble, d'une réaction ou d'un tic de langage, une conversation qui ressurgissait. Il était troublé par l'impression que même Anne-Lise lui manquait. Tout cela, ceux qu'il avait aimés et ceux qu'il aimait encore, lui apparaissait de façon authentique et simple, comme les pièces de monnaie jetées au fond d'une fontaine dont il avait oublié qu'elles lui porteraient chance. Ces moments de profonde tendresse jaillissaient en lui comme l'éclaircie dans un ciel couvert. Yann sentait qu'il trouvait un certain équilibre, entre une présence entière aux choses et aux autres, et la possibilité de se retirer, de s'extraire à tout moment du monde.

Avec Hans, ils avaient déplacé un des canapés pour l'installer devant la grande cheminée qui trônait dans la salle de restaurant. Ils n'avaient rangé aucune table, certains couverts étaient mis, ils auraient été prêts à accueillir et à servir quiconque arriverait, même à une heure avancée de la nuit. Ils allumaient un feu chaque soir pour se réchauffer – les températures étaient encore basses la nuit –, pour entendre le crépitement des bûches et contempler les flammes, pour cette sensation rassurante d'avoir quelque chose sur quoi veiller. Ils jetaient un œil dehors, pour voir si par hasard des flocons se mettaient à tomber. Hans épluchait certains dossiers à la lueur du feu, consignait de temps à autre des notes sur son ordinateur qu'il déposait ensuite le long du canapé. Yann l'observait, lisait et glissait ses pieds sous ceux de Hans pour les réchauffer. Les soirées étaient souvent silencieuses. C'était Yann qui allait chercher du bois, entassé sous un auvent à l'abri de la pluie et de l'humidité, lorsqu'il ne restait plus que des braises. Malgré l'incertitude qui pesait sur l'avenir de l'hôtel, Hans tenait à se ravitailler en bûches pour conserver le stock qu'il avait d'avance. Il apprit donc à Yann à fendre du bois. Il s'approvisionnait sur une parcelle en contrebas de la station, un morceau de forêt tenu par Gustave qui lui offrait quelques stères en échange des repas et des bonnes soirées au restaurant de l'hôtel.

Un matin, ils prirent la camionnette qui cracha une fumée dense et sombre et descendirent par la route qui menait à la vallée. Hans roulait lentement et à chaque épingle, à chaque virage, à chaque mètre qui les éloignait de la station et les rapprochait de la vie d'en bas, Yann espérait que la descente s'arrête. Au bout de quelques minutes,

Hans bifurqua et s'engouffra par un chemin droit dans la forêt. Yann, qui avait été si attentif à ce trajet effectué de nuit comme de jour, s'émerveilla de découvrir cette voie dérobée sur laquelle la camionnette cahotait et traversait les rideaux de branches qui entravaient le passage. Ils parvinrent à une clairière où des érables et des chênes abattus et débités en rondins avaient été amassés.

Hans lui montra comment se positionner, l'écartement des pieds, la position face au rondin et le mouvement franc et sec qui fendait les bûches. Hans abaissait les bras dans une trajectoire précise qui semblait définie à l'avance. Au départ, Yann se contentait de ranger le bois dans le coffre, en alignant les bûches et en les empilant les unes sur les autres. Puis, Hans lui tendit le merlin et l'invita à essayer.

Yann se positionna de face et éleva le merlin les bras tendus pour le laisser retomber dans le même mouvement franc et sec, guidé par le poids de la tête. Le manche vibra, la bûche se fendit en deux et le tranchant s'enfonça dans le bois. Ça lui parut simple. Les bûches suivantes le furent moins, les arbres avaient été abattus quelques jours auparavant et commençaient à durcir, à se contracter. Après quelques minutes, il transpirait. Le ciel grisâtre paraissait s'abaisser vers eux, une brise plus froide glissait entre les troncs des arbres et le choc répété du merlin sur les rondins résonnait dans la forêt. Il imagina soudain la clairière dans laquelle ils travaillaient recouverte de neige. Il s'adressa à Hans qui lui apportait d'autres morceaux de bois et transportait les bûches dans sa camionnette :

— Il se passerait quoi s'il se mettait à neiger maintenant, là tout de suite ? S'il neigeait abondamment ? Est-ce que la saison reprendrait ?

Hans jetait les bûches dans le coffre sans les ranger. Il s'arrêta quelques secondes.

— Ça dépend. On est quel jour ?

— Je ne sais pas.

— Moi non plus. Je pense que ce serait trop tard pour moi. Mais j'imagine que s'il neigeait suffisamment et qu'on avait de la visibilité sur les semaines suivantes, ils pourraient redémarrer certaines remontées mécaniques, rien que pour ne pas avoir de saison blanche.

Hans ouvrit la porte avant de la camionnette et se pencha à l'intérieur. Yann l'entendit allumer la radio et balayer les fréquences. Les baffles crachaient des voix qui se mangeaient les unes les autres, des pointes aiguës surgissaient par-dessus les grésillements, jusqu'à ce qu'un timbre net et clair transperce la forêt.

— Je cherchais les infos ou un indice pour répondre à notre question mais je ne trouve pas, cria Hans par-dessus la radio.

C'était une chanson que Yann ne connaissait pas mais dont l'air pop et synthétique lui plut tout de suite. Hans poussa le volume au maximum, claqua la portière en laissant les fenêtres ouvertes pour esquisser quelques pas de danse et fredonner les paroles. Il balançait la tête en fermant les yeux, rapprochait les coudes de son torse et ondulait en serrant les poings. En rythme, il écartait et ouvrait grands les bras, son pull se relevait et laissait paraître un fin bandeau de sa peau. Yann le contemplait, appuyé sur le manche du merlin, et ne pouvait s'empêcher de sourire. Il s'avança vers lui, pas après pas dans la douceur de l'herbe haute. Hans avait ouvert les yeux, continuait de danser et Yann sentit que sa bouffée de désir était partagée quand il glissa les mains sur sa taille.

Ce jour-là, ils ne remplirent pas totalement le coffre de la camionnette. Le ciel s'était dégagé durant leurs étreintes et un mince filet de soleil éclairait de temps en temps la clairière. Alors qu'il s'apprêtait à s'asseoir à la place du passager, Yann demanda à Hans s'il était possible de remonter à la station à pied. Ce dernier lui désigna un chemin de randonnée qui passait à proximité de la clairière et rejoignait la route non loin de l'hôtel. Il lui faudrait un peu moins d'une heure pour y parvenir. Hans commencerait à décharger en attendant son retour ou bien ils remettraient ça au lendemain. Il ne posa pas de questions et ne sembla pas s'inquiéter de ce besoin soudain qu'avait Yann d'être seul, de prendre un autre chemin pour rejoindre la station. Ils s'embrassèrent, Hans s'installa au volant et Yann s'écarta de la camionnette pour la regarder partir.

Ses escapades dans la montagne, ses excursions seul dans les bois, l'odeur de l'écorce et le frémissement du vent dans les arbres faisaient ressurgir le souvenir des randonnées avec ses parents dans les Alpilles et dans les monts du Luberon. Les dimanches de son enfance étaient tout entiers consacrés à la famille. Aux beaux jours, ils prenaient la voiture sous les lumières rasantes d'avant neuf heures du matin, avant les chaleurs de plomb, et s'échappaient vers le nord pour se promener dans la garrigue, entre le calcaire, les vignes et les oliveraies. Ils se garaient aux mêmes parkings, installant leur voiture à l'ombre des mêmes marronniers, et pénétraient dans les massifs par les mêmes sentiers. Yann se souvenait de la terre sèche et tassée qui lui semblait rebondir quand il sautait dessus à pieds joints. Ils déjeunaient à l'ombre sèche des genévriers, sur l'herbe râpeuse et piquante qui poussait dans ce pays où tout avait soif. C'étaient souvent des sardines sur du pain de campagne, arrosées d'huile d'olive et garnies de tomates séchées. Parfois il y avait des anchois et, plus rarement, de la charcuterie ou du fromage. Son père parlait beaucoup de son travail, de politique et de ce qu'il fallait faire pour que les choses aillent mieux. Sa mère lui avait dit que c'était lors de ces randonnées qu'ils avaient pris certaines des décisions les plus importantes de leur vie de famille, un déménagement en centre-ville pour sa scolarité, la persistance dans un travail pénible mais stable, ne plus aller en vacances dans la famille de son père. Ils n'étaient pas toujours d'accord et finissaient parfois la randonnée avec une centaine de mètres d'écart les uns des autres après s'être disputés. Ils se réconciliaient dans la voiture, sur le chemin du retour. Un jour, Yann devait avoir une dizaine d'années, il avait trébuché tandis qu'il buvait et avait renversé la moitié de sa gourde par terre. L'eau s'était répandue sur son short et ses chaussures. Son père l'avait d'abord engueulé, accusant la maladresse de son fils. C'était sa faute s'il était en colère. Il était ensuite parti devant avant de l'attendre à l'intersection de deux chemins pour lui remplir sa gourde avec de l'eau de la sienne encore fraîche.

Depuis que Yann avait décidé de rester à la station, le temps s'écoulait dans une confusion qui lui faisait perdre le compte des jours et des semaines. Il ne donnait plus beaucoup de nouvelles à ses parents, juste quelques messages laconiques à sa mère pour la rassurer et lui signifier que son travail continuait. Ils ne savaient probablement pas qu'il ne neigeait pas.

Hans paraissait un peu plus léger à mesure qu'il démêlait les nœuds qui le tenaient attaché à son hôtel. Sa relation avec Agnès était encore conflictuelle et il remontait parfois de la vallée le visage crispé par la dispute, les lèvres rougies par la colère qu'il n'avait pas laissé éclater. Yann ne posait pas de questions, mais en le voyant se diriger vers son bureau et s'évertuer à chercher des documents qui s'étaient perdus ou n'existaient plus, il devinait qu'Agnès lui avait rappelé son manque de rigueur. La situation pouvait encore s'aggraver. Un soir, elle débarqua une heure après le retour de Hans pour leur prêter main-forte.

Grâce à leurs efforts l'horizon s'éclaircissait. Ils avaient déniché dans les amas de cahiers de réservation plusieurs séjours qui n'avaient pas été consignés dans les comptes, des écarts favorables et récents entre l'argent qui était entré dans les caisses et ce qui avait été enregistré en comptabilité. Ils étaient en bonne voie pour négocier une remise de dettes avec certains des fournisseurs. Alors un soir, de retour d'un nouveau rendez-vous avec Agnès, Hans annonça à Yann que le lendemain ils se lèveraient tôt pour atteindre les crêtes.

Toutes les tentatives précédentes de Yann pour y parvenir avaient été infructueuses. L'ascension jusqu'aux sommets se dérobait comme la neige qu'on annonçait mais qui ne tombait pas. Alors qu'ils avaient l'habitude de demeurer longtemps dans la tiédeur des draps, ils s'extirpèrent de la chambre sans peine. Ils sortirent de l'hôtel. Dehors, la montagne flottait dans une aube bleutée et Yann fut saisi par le froid. Les arbres paraissaient encore figés, accrochés à la nuit, et la terre givrée craquelait sous le poids de leurs chaussures. Ils contournèrent le muret en pierre qui encerclait la terrasse et, une fois sur le chemin, commencèrent à grimper.

Leurs souffles formaient une buée dense et Yann craignit un instant de ne pas s'être suffisamment couvert. Ils parlèrent peu, encore engourdis par le sommeil. Ce sentier foulé des centaines de fois traversait ce matin-là un paysage énigmatique et transformé par la brume. Leur progression était peu lisible et bien qu'il reconnût certains panneaux, certains embranchements, la portion sous des remontées mécaniques, les grincements des télésièges qui se balançaient, il fut surpris d'avoir atteint si vite les altitudes déboisées.

D'un coup, le soleil perça l'horizon et la brume s'évapora pour révéler l'immensité de la vallée et des massifs qui l'encerclaient. Au-dessus d'eux, en relevant la tête, les crêtes leur paraissaient si accessibles qu'elles semblaient s'être rapprochées.

Yann grimpait d'un pas rapide pour ne pas avoir froid. Ils retrouvèrent bientôt ce paysage désolé et minéral, fait de grès, de granit, de roches de toutes les tailles. Il ne restait aucune trace de la neige. Dans leur dos, le vent les portait facilement jusqu'au sommet.

Ils marchèrent sur les crêtes et Hans le mena jusqu'à une table d'observation, installée sur un promontoire. Les alentours avaient été reproduits mais la peinture s'écaillait et les inscriptions avaient disparu, effacées par les mains et les doigts de tous les randonneurs qui avaient contemplé ce paysage avant eux.

Ils s'assirent ensuite côte à côte sur un rocher en contrebas, et admirèrent la vallée nappée de brouillard, dans le froid vif et sec du matin sous un soleil encore en ascension. Ils versèrent du café brûlant et fumant dans deux petites tasses en acier qui leur réchauffèrent les mains et les lèvres. Hans lui désigna certains villages où de la fumée s'élevait des cheminées. Il prononçait leurs noms, évoquait parfois une connaissance qui y vivait. Plus loin, il montra à Yann la ville où il était arrivé par le train, une petite agglomération encerclée d'entrepôts et de petites usines. Cela lui semblait remonter à si longtemps.

Leur rocher était battu par les vents mais ils se sentaient réchauffés l'un par l'autre. Yann se retourna et derrière eux s'étendait un autre paysage, plusieurs chaînes de montagnes qui se superposaient. Son regard s'accrocha sur ce sommet sombre et lardé de blanc qui dépassait tous les autres. Le ciel et l'horizon scintillaient et Yann avait l'impression que le paysage devant lui était lavé de toutes les pensées, de tous les doutes et de tous les troubles qui l'empêchaient d'habitude de voir le monde. Des petites taches sombres planaient au-dessus des crêtes et s'approchaient d'eux. En les contemplant, Yann songeait aussi à son père.

— Ce sont des rapaces, fit Hans en les désignant tandis qu'ils volaient à haute altitude. Ils reviennent déjà.

Yann buvait le café par petites gorgées et se délectait de sentir le breuvage lui réchauffer le corps.

— Ces montagnes, tu les connais toutes ?

Hans tourna la tête vers lui.

— C'est-à-dire ? Je connais leurs noms, oui.

— Tu y es déjà allé ?

— Sur certaines oui. Je suis allé m'y balader. J'ai fait un peu d'alpinisme. D'autres non, mais j'aime bien les regarder comme ce matin.

Ils contemplèrent de nouveau la vallée et le soleil qui grimpait face à eux leur faisait plisser les yeux.

— J'ai grandi ici, reprit Hans, pourtant, ce n'est que quand je suis revenu après être parti pendant quinze ans que j'ai eu l'impression de découvrir réellement cet endroit, à quel point c'est beau.

Ils s'étaient encore rapprochés l'un de l'autre, Yann avait envie de poser sa tête sur son épaule.

— C'est drôle, moi, je ne me dis presque jamais que quelque chose est beau, fit-il après quelques secondes. Enfin, je ne formule jamais cette pensée de façon consciente. Souvent, c'est en y repensant, comme si c'était le souvenir qui rendait les choses belles.

— Et là, tu ne te dis pas que c'est beau ?

Yann s'esclaffa.

— Mais je vois ce que tu veux dire…

Hans écarta les bras et ferma les yeux en offrant son visage aux rayons du soleil. Yann sentait le vent se glisser sous sa veste, s'immiscer et effleurer sa peau. Il n'avait pas coupé ses cheveux depuis qu'il était arrivé et des mèches commençaient à tomber le long de ses yeux. Il avait envie de se lever, de se dégourdir les jambes et de se réchauffer en bougeant et pourtant, malgré le froid et la dureté de la roche, il se sentait confortablement assis et ne voulait pour rien au monde que ce moment s'arrête.

— En fait, je crois que j'aime autant la compagnie des autres que j'aime être seul, dit-il tout à coup. Je me sens plein d'énergie quand je passe du temps avec un groupe, j'aime les interactions sociales, des paroles me viennent sans cesse, j'écoute, je parle. J'ai cherché ça jusqu'à me noyer dedans. Mais je sens que j'ai aussi besoin de ne rien faire, d'attendre, de m'ennuyer. D'être seul. J'ai l'impression que je le comprends, ou que je l'accepte, pour la première fois, alors que c'est tout simple.

Hans le regardait souvent dans les yeux, comme si eux seuls pouvaient transmettre ce qu'il pensait. Avant, Yann détournait le regard un peu gêné, un peu confus et intimidé. Maintenant, il le soutenait. Ça le faisait rire. Il riait de se sentir si enthousiasmé, si enivré par cette impression qu'ils ressentaient la même chose et voyaient le monde de la même façon.

Sur le chemin du retour ils aperçurent une harde de chamois. Hans lui fit d'abord signe de s'arrêter du plat de la main et de ne plus faire de bruit pour observer ce qu'il pensait être un petit troupeau qui broutait l'herbe touffue. L'un d'eux, comme s'il avait senti leur présence, releva la tête. Ses oreilles frétillèrent et il s'éloigna en bondissant dans la pente. Les autres le suivirent. Hans et Yann s'écartèrent de la piste et, en s'avançant un peu sur le côté, ils découvrirent qu'en contrebas, ce n'était pas une mais plusieurs dizaines de bêtes qui étaient rassemblées.

Ils restèrent de longues minutes à les observer en silence avant de poursuivre leur descente. Hans parlait avec passion et intensité de choses simples, des variations d'odeurs selon les heures du jour, des migrations des animaux de la montagne, comme s'il percevait dans les phénomènes les plus subtils des indices pour comprendre le monde et l'existence. Plus Yann le côtoyait, plus il avait l'impression qu'il lui ressemblerait, pas aujourd'hui, ni demain, mais dans quinze, vingt ans. Comme s'il avait tous les jours près de lui celui qu'il allait devenir.

Le temps n'avait plus de prise et la durée était redevenue une mesure floue et subjective. Il semblait à Yann que le monde extérieur n'existait plus et que Hans et lui étaient les seuls survivants de ce qui était arrivé. Les liens avec l'extérieur, le courrier, les ordinateurs, les clefs de la camionnette avaient fini par être engloutis par l'hôtel.

15

Et puis une nuit, la sonnerie du téléphone de Hans les arracha de leur retraite. Dans son demi-sommeil, Yann aurait pu s'accommoder de ce son strident, attendre qu'il se taise, l'oublier. Mais Hans s'était redressé et Yann le vit tendre la main hors du lit pour l'agripper et retourner le tas de vêtements qui jonchait le parquet, maudissant celui ou celle qui appelait à une heure pareille. Un filet d'air frais se faufila sous les draps quand Hans se leva pour attraper son appareil.

La conversation dura quelques minutes. Hans, debout, posa deux questions – à quel point c'était grave et comment il pouvait aider. Il répondait lentement, « oui », « non ». Il fit quelques pas – le plancher craquait – puis raccrocha et se rassit sur le lit en faisant grincer les lattes. Yann se redressa à son tour. Dans la chambre, la respiration devenait plus saccadée et Yann se sentait d'un coup tout à fait éveillé, comme si l'appel avait empli la pièce d'une lumière vive et aveuglante.

Guillaume, le compagnon d'Agnès et père des deux garçons, un homme plutôt solitaire et souvent absent en raison de son travail, était tombé gravement malade et avait été transféré en urgence dans l'un des grands hôpitaux de la région. Yann ne l'avait vu qu'une fois, le soir du nouvel an. Ils avaient échangé quelques mots, sur son travail, sur ses études, et Yann avait compris qu'ils étaient en froid, lui et Agnès, et que cela datait d'avant cet hiver. Agnès en parlait peu mais, de ce que Yann percevait, la situation la tracassait et Hans, entre deux rendez-vous chez le comptable, semblait plus habile à recueillir les émotions de sa sœur et à écouter ses tracas qu'à lui apporter des conseils raisonnés.

Hans restait silencieux. Yann lui posa plusieurs questions sur la santé de Guillaume avant cet événement, s'il était déjà tombé malade, s'il y avait des personnes cardiaques dans sa famille, s'il faisait de l'hypertension, s'il travaillait toujours autant.

— Je ne sais pas, lui répondit Hans, immobile sur le bord du lit.

Ses yeux s'étaient habitués à l'obscurité et Yann voyait que Hans portait son regard dans le vague, vers le mur qui leur faisait face. On n'entendait que son souffle. Il se tourna finalement vers Yann.

— Agnès va partir rejoindre Guillaume à l'hôpital. Elle tient à être près de lui avant la batterie de tests qu'ils doivent lui faire et une éventuelle opération. Elle me demande de m'occuper des garçons en attendant.

Yann n'eut plus du tout envie d'établir le diagnostic de Guillaume. Hans poursuivit, répondant aux questions de Yann avec un temps de décalage, sa conversation récente et ses questions affleurant petit à petit. Guillaume était au volant de sa voiture. Il s'était mis à transpirer, à haleter, il s'était rangé sur le bas-côté pour vomir, mais n'avait pas eu le temps de sortir de l'habitacle. Il avait appelé Agnès et avait juste eu le temps de lui dire à quelle sortie de l'autoroute il était, avant de tomber dans les pommes. Yann écoutait à peine.

La dégradation soudaine de la santé de Guillaume l'avait fait apparaître dans la chambre. C'était comme s'il s'était assis près d'eux, sa présence, son existence, s'était installée. Yann aurait aimé qu'ils se rendorment tous les deux, sans se soucier de ces heures qui s'avançaient, du moment où ils devraient se lever. Mais Guillaume était là, Agnès et les garçons aussi.

— Quand dois-tu les rejoindre ? demanda Yann.

— Ce matin. Dès que possible en fait. Agnès n'a pas voulu trop insister, mais je sais qu'elle aurait voulu que je sois déjà là. Je vais y aller. Je ne sais pas combien de temps je vais devoir rester avec eux.

Alors que Yann s'apprêtait à se rapprocher de lui et à le prendre dans ses bras, Hans se leva pour enfiler un caleçon et un tee-shirt.

Il fallait se préparer à partir.

Yann resta un moment assis, abasourdi, les jambes sous la couette, le dos contre le mur. Hans était sorti de la chambre. Les bruits de l'hôtel qu'il percevait habituellement s'étaient tus.

Yann se leva et, le corps lourd, rassembla ses vêtements qui s'étalaient à différents endroits de la chambre, des chemises sur le dossier de la chaise, des chaussettes sur le bord du lavabo, une serviette encore humide au cadre de la fenêtre.

Il plia ses fringues sales avec des gestes mécaniques pour les fourrer dans le fond de son sac, se souvenant qu'un pull ou une écharpe devaient encore traîner sur le canapé face à la cheminée ou dans le bureau de Hans. Il dressa la liste des choses qu'il ne devait pas oublier, son téléphone et son chargeur quelque part, le livre que Joachim lui avait finalement laissé, son portefeuille. Il débarrassa le lit de ses draps, des housses de couette et des couvertures qu'il plia sur le bord du matelas.

Alors qu'il allait quitter la chambre, Hans reparut et l'enlaça, longtemps, d'abord sans dire un mot, puis en lui murmurant qu'il était désolé. Dans l'esprit de Yann, c'était encore la nuit. Il ne comprenait pas, mais ne parvenait pas à formuler ce qu'il voulait lui dire, à lui objecter quoi que ce soit. Alors, il lui rendit son étreinte.

— J'ai fait du café, lui dit Hans. On prend quand même le temps d'un petit déjeuner ?

Yann lui répondit en hochant la tête. Hans était reparti.

Il empaqueta lentement le reste de ses affaires. Il se sentait encore appesanti par le sommeil en serrant les sangles de son sac. Elles lui irritèrent les doigts.

Dans la cuisine, sous la lumière blanche des néons, ils burent chacun deux tasses de café, mangèrent quelques morceaux de fromage sur des tranches d'un pain qui conservait sa fraîcheur malgré l'enchaînement des jours. Yann n'essaya pas de lancer une conversation, ni de retarder leur départ, il ne posa aucune autre question à Hans. Un nœud s'était formé dans sa gorge, il avait la bouche acide et les doigts en coton, aucune pensée autre que celles qui concernaient les préparatifs ne traversait son esprit.

Hans ne termina pas ses tartines. Il demanda à Yann de l'aider à fermer les fenêtres et les volets de l'hôtel. Dans la station vide, il n'y aurait personne pour s'assurer que tout allait bien.

En commençant par le dernier étage, Yann examina toutes les chambres, vérifia les ouvertures et le verrou des baies vitrées. Il descendit les stores et claqua les volets en bois. Certaines chambres donnaient sur la montagne et, au-dessus des sommets, l'aube commençait à poindre. Il s'arrêta dans l'une d'entre elles pour contempler le soleil se lever. Il ouvrit les fenêtres, laissant le froid aigu du matin pénétrer à l'intérieur. Il fixait l'aube assis sur le bord du lit, percevant à chaque nouvelle seconde l'inexorable fin de la nuit.

Il ne s'attarda pas davantage.

Dans les autres pièces, avant de fermer les portes et d'éteindre les lumières, il jetait un dernier regard sur des draps dans lesquels il ne s'était jamais glissé, des chambres dans lesquelles il n'avait jamais dormi mais dont il sentait qu'il était devenu peu à peu responsable.

Yann rejoignit Hans en portant son sac à dos sur une seule bretelle : il lui semblait plus léger qu'à son arrivée. Même s'il était certain de n'avoir rien oublié, Yann partait avec la sensation qu'il laissait quelque chose.

Hans était déjà à côté de sa camionnette en train de dégivrer le pare-brise. Il quittait l'hôtel avec un carton de paperasse et un sac de voyage aux lanières usées qui devait être rempli à la moitié de sa contenance. Il ouvrit la portière et le jeta à l'arrière. Il ferma la porte d'entrée de l'hôtel à double tour puis descendit la grille qui résista, grinça – elle n'avait pas dû être abaissée depuis des années. À mi-hauteur et malgré l'aide de Yann qui appuya de tout son poids, Hans renonça et laissa la grille en l'état. Yann avait les mains lacérées par le froid. Elles sentaient la rouille, la ferraille. Aucune des grilles qui devaient protéger les baies vitrées du rez-de-chaussée ne se fermait.

Ils s'installèrent dans la camionnette. Elle était garée face à l'hôtel. Hans marqua un temps, puis tourna la clef de contact. La camionnette cahota, cracha puis démarra.

Les roues crépitèrent sur le gravier. Les phares se réfléchirent sur les vitres. Ils contournèrent la bâtisse pour rejoindre la route.

Tout se passait trop vite.

Yann ne ramenait avec lui aucun objet de ses mois passés ici. Alors, dans le dernier regard qu'il posait sur l'hôtel, il chercha un détail, un morceau de l'édifice, un ornement qu'il n'aurait pas encore vu et qu'il garderait précieusement au fond de lui. Il observa le toit, les fenêtres, les encadrements, les murs à la chaux, les pierres apparentes, mais rien, rien de nouveau, rien qui lui aurait échappé, l'hôtel s'était refermé et ne laissait plus rien paraître.

En descendant vers la vallée, ils s'enfoncèrent dans un brouillard compact et intense, malgré le soleil qui se levait. Il voilait la forêt et la route qui les menait à la ville. Hans avait allumé les phares et conduisait lentement, prenant le temps de vérifier que personne n'arrivait en face, s'arrêtant presque avant chaque virage, par prudence et comme s'il voulait retenir lui aussi, encore un peu, le temps passé ensemble. Ce fut lui qui rompit le silence.

— Quelqu'un t'attendra à ton arrivée ?

Yann, qui regardait la route, lui répondit avec une voix cassée.

— Je ne sais pas. Je n'ai prévenu personne que je rentrais. Au pire, j'irai chez mes parents. Je verrai.

— D'accord.

Hans se pencha un peu par-dessus le volant et plissa les yeux. Deux lumières arrivaient vers eux et une voiture les croisa. C'était Gustave, qui leur fit un signe de la main auquel ils répondirent tous les deux avec un temps de retard.

— Je ne t'ai jamais demandé ce qu'ils faisaient, tes parents.

— Ma mère est fonctionnaire à la mairie.

— Ah oui ? Elle y fait quoi ?

La question de Hans lui parut pesante, lestée, comme celles qui sont posées parce qu'on est gêné par le silence.

Yann était en colère, aigri par la manière dont Hans n'avait émis aucune alternative à la demande d'Agnès, déçu par la promesse jamais faite qu'ils resteraient encore ensemble et qui se brisait, lui qui était encore enivré par le prolongement infini des jours, jusqu'à la lassitude, jusqu'à l'écœurement. Il aurait pu rester là-haut, l'attendre des jours, des semaines, peut-être même des mois.

Et en même temps, dans l'habitacle, la tristesse et l'inquiétude retenue de Hans, les excuses qu'il ne cessait de lire dans ses yeux, l'empreinte de leur embrassade avant de monter dans la camionnette et le souvenir des étreintes de la nuit, du goût de ses lèvres et de l'odeur de sa peau, tout cela poussait Yann à profiter de chaque seconde passée avec lui. Alors il mit son chagrin de côté et lui répondit d'un ton consciencieux et qu'il souhaita plein d'attention.

— Elle s'occupe de l'aménagement du territoire. C'est la cheffe d'un service de vingt personnes. Elle y a fait carrière, a passé les concours et gravi lentement les échelons, d'année en année, tout en disant que ça ne l'intéressait pas d'avoir des responsabilités, de la reconnaissance et de gagner plus d'argent. Elle dit à tout le monde qu'au fond d'elle, elle est toujours la petite fonctionnaire qui instruit les demandes de permis de construire.

— Et ton père ?

— Mon père ne travaille plus. C'est d'ailleurs aussi pour ça que ma mère s'est autant investie dans son travail. Il était docker au port de la ville mais il a surtout été syndicaliste. Il a perdu la pratique du métier et, après plusieurs mandats, quand il n'a plus été désigné pour représenter ses collègues et a dû retourner travailler sur le port, il a eu un accident. Un accident assez grave, il est tombé d'une des grues de déchargement. Depuis il ne marche plus. Il passe toutes ses journées à la maison. Il regarde la télé, il mange. On n'a plus vraiment de relation.

Yann retint la suite de sa phrase en se rendant compte que ses paroles alourdissaient de nouveau l'atmosphère. La situation de son père lui était venue telle quelle, refroidie par l'habitude.

— Je suis désolé pour ton père. J'aurais dû te poser toutes ces questions avant, ça m'aurait évité d'apprendre des choses importantes sur ta vie sans avoir la possibilité qu'on en parle plus longuement.

Les roues ronronnaient sur le bitume.

— Pour mon père, ce n'est pas grave, cela fait un moment que c'est comme ça.

Ils parvinrent à l'embranchement avec la route départementale. Yann aurait voulu qu'ils s'arrêtent sur le bas-côté, qu'ils dévient de leur chemin, qu'ils fassent demi-tour, qu'ils remontent se blottir l'un contre l'autre au fond de la montagne. Il avait envie de l'embrasser, de le caresser, de le prendre dans ses bras.

— Tu me tiendras au courant de l'état de Guillaume ?

— Oui, bien sûr. J'espère qu'ils vont rapidement trouver ce qu'il a. Je n'avais pas entendu Agnès aussi inquiète depuis longtemps. Je pense qu'elle se retenait pour ne pas faire peur aux garçons.

Ils entraient dans la ville. Ils contournèrent quelques ronds-points, empruntèrent des ruelles, croisèrent quelques piétons, des devantures éclairées, des boulangeries et la gare arriva déjà dans leur champ de vision. Hans ralentit et se rangea à proximité de l'arrêt de bus. Il coupa le contact.

— Tu ne devrais pas avoir trop à attendre. Le premier train est parti il y a longtemps et il y en a un toutes les deux heures en semaine.

Le parking était vide, Yann n'avait aucune idée de l'heure qu'il était, ni du jour de la semaine.

— Je vais aller attendre sur le quai.

— Attends, je vais te prendre ton sac.

Chaque phrase qui sortait de sa bouche était pleine des déchirements qui le traversaient. Ils s'extirpèrent tous les deux de leur siège et se glissèrent dehors. Les portières claquèrent.

Le brouillard s'était levé mais un ciel opaque et grisâtre pesait de tout son poids au-dessus de leurs têtes. Il n'y avait pas de vent, mais il faisait froid. Toute la ville semblait vouloir les laisser seuls.

Hans attrapa le sac dans le coffre et le tendit à Yann qui le déposa à ses pieds. Debout, l'un en face de l'autre, pour la première fois depuis qu'ils s'étaient levés, ils se contemplèrent. Yann ravalait les larmes qui lui montaient aux yeux. Il ne s'entendit même pas demander à Hans ce qu'il pensait faire ensuite, une fois que Guillaume irait mieux.

— Je vais terminer ce que j'ai à terminer, je pense. Puis je ne sais pas. Je te dirai, je t'enverrai des nouvelles.

Yann hocha la tête. Hans s'approcha encore un peu, Yann sentit de nouveau cette chaleur lui courir sous la peau et ils s'enlacèrent.

— Yann, je ne sais pas ce que l'hôtel va devenir. Moi-même, je ne sais pas ce que je vais devenir, mais la montagne elle, elle va rester là. Tu pourras revenir. Quand ça ne va pas, tu as toujours la possibilité de t'échapper, de t'enfuir, pour mieux revenir.

Hans resserra son étreinte. Ses bras l'enveloppèrent.

— Tu sais, je pensais avoir trouvé pour de bon celui que je devais être et pourtant, je me sens un autre homme après avoir passé ces semaines avec toi.

Yann l'écouta en percevant nettement au fond de lui que c'était la dernière fois qu'ils se prenaient dans les bras. Il fit durer le moment le plus longtemps possible, il serra Hans aussi fort qu'il le pouvait, comme s'il cherchait à fondre une partie de son corps dans le sien.

Et le corps de Hans n'avait jamais été aussi présent. Le frémissement de ses caresses, l'odeur de sa peau à travers les vêtements, le timbre de sa voix, si proche. À travers eux, il acceptait le départ, il devinait l'urgence pour Hans de renouer avec Agnès, avec sa famille, d'achever son entreprise et de se libérer de son hôtel.

Dans le temps de l'étreinte, Yann comprenait qu'il lui fallait, lui aussi, embrasser toutes ces choses devant lui et qu'il lui restait à vivre. Par-delà le chagrin et la tristesse, son retour n'éveillait qu'une faible inquiétude, il ne ressentait aucune appréhension, comme lorsqu'on sent qu'il est temps de rentrer.

Ils se détachèrent et il se sentait un peu plus apaisé.

— Je suis heureux de t'avoir rencontré, dit Yann dans un sourire, en passant la manche sur ses yeux.

Les yeux de Hans brillaient eux aussi.

— On se ressemble, je crois qu'on l'a tous les deux compris.

Hans s'inclina légèrement et, un pas après l'autre, contourna le véhicule pour s'installer à la place du conducteur. Ils ne se quittèrent pas des yeux. Yann saisit son sac, passa les deux bretelles et serra les sangles pour le porter fermement sur son dos. Il recula. Hans démarra et abaissa la vitre.

Ils se dirent au revoir simplement, avec des gestes de la main et en se disant à bientôt, en se remerciant pour tous ces moments passés ensemble, en maintenant le regard le plus longtemps possible, jusqu'à ce que la camionnette quitte le parking, bifurque et disparaisse dans une ruelle qui menait à la maison d'Agnès.

Sans vraiment s'en rendre compte, Yann l'avait suivie des yeux sur une dizaine de mètres et se retrouvait maintenant seul, au milieu du parking de la gare.

Yann s'assit sur un banc pour attendre le départ. Le train était déjà à quai, une vieille locomotive semblable à celle qui l'avait amené jusqu'ici. Son corps se vidait de minute en minute des émotions qu'il avait accumulées ces dernières heures. Une bise froide et indécise flottait autour de lui et Yann remonta la fermeture éclair de sa veste jusqu'au col. Il se revoyait, plusieurs mois plus tôt, descendre de la rame dans la nuit tombante, un peu hagard, anémié par le voyage mais encore animé par une détermination indéfectible. Ce soir-là, l'air avait été sombre, les sons feutrés, les gens lui avaient tourné le dos et tout lui avait semblé inaccessible. Il n'avait pas remarqué à quel point le quai était court, que la gare n'était qu'une bâtisse en pierre à peine plus grande qu'une maisonnette de centre-ville. Sur le banc, il repensait à Joachim, à sa chaleur et à son entrain, à

Charlotte et sa malice, à tous ceux qui, arrachés à la station, s'étaient retrouvés seuls à quitter la montagne. À Hans bien sûr, avec qui il ne s'était fixé aucun rendez-vous et c'était comme si, de retour sur ce quai de gare, un pan entier de sa vie se résumait devant lui. Tout était arrivé si vite, les mois là-haut s'étaient écoulés plus rapidement que le voyage en train qui le ramènerait chez lui.

Une vieille femme s'assit sur le banc à ses côtés. Elle portait un long manteau beige à la doublure molletonnée et un bonnet de la même couleur descendait jusqu'au milieu de son front. Les yeux encore rougis, Yann la regarda. Les rides lui dessinaient un visage doux, elle contemplait le ciel en relevant légèrement la tête. Elle semblait contrariée et frottait un mouchoir en tissu entre ses mains.

D'autres voyageurs les rejoignirent sur le quai et se mirent à attendre en ordre dispersé. Une voix métallique jaillit des hauts-parleurs pour annoncer que le départ se ferait à l'heure.

Le quai était baigné de silence, seul le bourdonnement lointain des voitures qui roulaient en bordure des rails arrivait jusqu'à eux. Les montagnes disparaissaient dans les nuages, dont la couche homogène luisait d'une lumière aveuglante.

Les regards étaient tournés vers le train. De la buée s'échappait des lèvres, le froid perçait les couches de vêtements. Yann eut soudain soif. Ses paupières se mirent à tressauter. Il se frotta les mains pour se réchauffer les doigts, les fourra dans les poches de sa veste ou sous ses cuisses.

Les portes du train s'ouvrirent dans un souffle mécanique. Yann se leva dans le même mouvement que les autres voyageurs. Ses muscles s'étirèrent quand il souleva son sac, qui lui parut plus lourd. Il se sentait courbatu, retenu par la fatigue, par une force étrange et magnétique. À petits pas, il se dirigea vers la voiture et aida la vieille femme assise à côté de lui à monter ses affaires et à gravir les hautes marches en acier. Il lui demanda où elle descendait et lui promit qu'il l'aiderait à son arrivée. Elle le remercia en lui serrant l'épaule avec sa main.

Dans la rame, les gens commençaient à s'installer. Ils portaient à bout de bras leurs bagages jusque dans les rangements au-dessus des sièges. Ils parlaient à voix basse, comme dans une chapelle.

Yann choisit un siège côté fenêtre et s'installa dans le sens de la marche. Des voyageurs se pressaient encore sur le quai. Quelques personnes qui n'étaient pas montées faisaient des signes de la main en direction du train. Il croisa le regard de plusieurs d'entre elles, des hommes, des femmes, et il eut l'impression qu'elles lui disaient au revoir à lui aussi.

Dans un élan brusque, le train se mit en branle et lentement, poussé par la force de la locomotive, ils s'éloignèrent de la petite ville coincée au fond de la vallée. Les roues crissaient sur les rails, le train changea de voie avant de prendre un peu plus de vitesse.

Alors qu'il avait le visage contre la vitre pour imprimer dans ses yeux, une dernière fois, ce paysage qui l'avait habité ces dernières semaines, ces villages, ces reliefs, ces forêts de résineux et de chênes, ces pentes abruptes et ces crêtes acérées, un flocon de neige vint s'écraser contre la fenêtre, à quelques centimètres de ses yeux.

Le retour de la neige ranima l'ensemble des voyageurs. Des hoquets de surprise, des exclamations, des regards ébahis et soulagés, des paires d'yeux accrochées aux vitres. Une couche neigeuse, dense et impassible, recouvrait la région et le train filait à travers un paysage de nouveau hivernal.

Il serpentait lentement dans les vallées comme si de la neige s'accrochait aux roues pour les ralentir. Il suivait les méandres des rivières et s'arrêtait à chaque gare. Depuis l'une d'entre elles, Yann aperçut deux enfants qui construisaient une petite hutte de neige dans leur jardin. Ils ne pouvaient pas tenir tous les deux à l'intérieur alors ils se glissaient dedans l'un après l'autre. Des colonnes de fumée s'échappaient des maisons, les déneigeuses repoussaient la neige et élevaient des monticules sur le bord des routes. Le silence de l'hiver s'immisçait dans le train.

Yann sortit son téléphone et écrivit d'abord à sa mère pour lui dire qu'il rentrait. Il se sentait d'humeur laconique, comme s'il n'y avait pas grand-chose à dire ou à raconter quand d'autres auraient été impatients de décrire en détail les rencontres et ce qui s'était passé à la station.

Il écrivit aussi à ses amis les plus proches, auxquels il avait si peu pensé ces derniers mois. Ils s'appelaient Loïc, Adèle ou Julien. Loïc était un de ses plus vieux amis. Ils s'étaient rencontrés au collège, ils habitaient le même quartier. Ils n'avaient jamais été ensemble en cours, n'avaient pas fréquenté les mêmes cercles d'amis avant leurs études, mais au fil des jours, à force d'emprunter les mêmes rues, de se suivre de quelques mètres sans se parler, ils avaient fini par faire la route ensemble. Adèle et Julien avaient commencé médecine et, comme lui, avaient raté leur première année. Plutôt que de continuer, Adèle était partie en STAPS et Julien avait suivi une licence de biologie pour devenir prof de SVT.

Avant qu'il ne range son téléphone, il le sentit vibrer. Loïc avait été le premier à lui répondre. « Trop bien que tu rentres, je suis avec Ophélie, on vient te chercher à la gare. On a hâte que tu nous racontes. » Loïc et Ophélie se tournaient autour depuis un moment après être sortis ensemble quelques mois pendant le lycée.

Yann releva la tête. L'intérieur de la rame ronronnait et la montagne s'éloignait sans s'effacer. Ce n'étaient pas les moments passés là-haut, des images ou des touches de nostalgie qui s'accrochaient déjà à sa mémoire, mais l'impression que quelque chose en lui avait bien commencé à changer. À eux, peut-être, il leur parlerait de Hans.

Dans quelques heures, les voyageurs pourraient revoir la mer, retrouver la chaleur du port, l'atmosphère étouffante des terrasses chauffées à blanc où tout allait fondre sans que personne ne le regrette. On oublierait cet hiver, les échos de la saison désastreuse s'éteindraient dans le bouillonnement de l'été.

En attendant, le train quittait les vallées et filait sur les plaines enneigées. Il progressait dans un paysage aux courbes adoucies et cotonneuses.

La neige continuait de tomber.

REMERCIEMENTS

À Claire, Coline, Jeanne, Clarisse, Dominique, Brigitte (ma mère),
Mathilde, Clémence, Danaë, Moïra,
Yann,
Sébastien.

À Jean-Marie Laclavetine et Anne Vijoux.

Composition : IGS-CP à L'Isle-d'Espagnac (16)
Achevé d'imprimer
par CPI Firmin-Didot
à Mesnil-sur-l'Estrée, en septembre 2023
Dépôt légal : septembre 2023
Premier dépôt légal : juin 2023
Numéro d'imprimeur : 176747

ISBN : 978-2-07-300587-8/Imprimé en France

624059